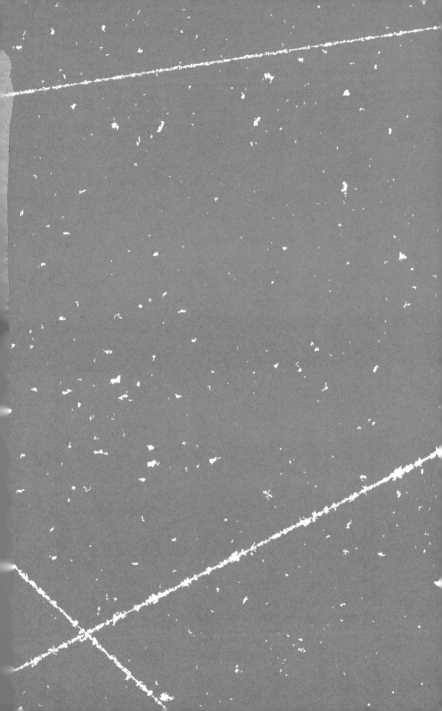

contents

マスケットガールズ！～転生参謀と戦列乙女たち～2

第30話　旅団再編計画

初の実戦を終えた第六特務旅団だったが、初めての仕事を終えた後というのは問題点が浮かび上がってくるものだ。むしろそうでなくてはいけない。

「だが問題点の数が多すぎるな」

アルツァー大佐は旅団長室で深々と溜息《ためいき》をついた。

「まず、銃の調達だ。どうなっている？」

「今月中にあと三挺《ちょう》届きます」

「少なすぎる。それに検品で撥《は》ねられるものが多い」

全く仰《おっしゃ》る通りです。それは俺も頭を悩ませているところだ。

「仕方ないんですよ。職工組合に属していない闇業者ですから。あまりおおっぴらに作業ができないんです」

後ろ暗い連中が愛用している工房なので、古くからの顧客も多い。

そういう馴染《なじ》みの客からの依頼が来れば、新参者の依頼は後回しにされる。地位や立場は関係ない。

それが誠実な商売とされる世界だ。

「閣下は『ろくろ』をご存じですか？」

「陶工が使う道具だな」

「あれを金属加工用に改造したヤツを使ってひとつひとつ手彫りでライフリングを入れてるんですが、

とにかく時間がかかるそうです」

腕はまあまあだし、口止め料分の秘密保持はしてくれる。材料をちょろまかすこともない。

その代わり生産性はあまり高くない。

大佐は溜息をつく。

「いっそメディレン領に招聘《しょうへい》して、当家のお抱え職人にしてやろうか？　私の金なら当主殿も文句は言うまい」

「裏稼業ですから冗談抜きで職人が殺されますよ」

暗殺用の仕込み武器だの、脱税用の隠し金庫だの、表に出せない依頼ばかり請け負っている工房だ。下手に工房を畳もうものなら「顧客たち」が口封じを目論《もくろ》むのは確実だった。

「では仕方ないな。技術者の養成から始めよう。当面はその工房に作らせるしかないだろうが、新型騎兵銃が揃《そろ》わんのでは戦いようがない」

「ごもっともで」

「それに問題はまだある」

大佐はますます困った顔をする。

「銃を撃つのが怖いと申し出る兵が続出している。殺すのも殺されるのも嫌だそうだ」

「それが正常な感覚です」

むしろ他のみんなが適応しすぎだと思う。覚悟が決まりすぎている。

「現時点では中隊全体で十名程度だが、まだ増える可能性がある。このままだと軍を去りかねない。だが行くあてもない者たちだ。それに旅団の戦力を拡充したいときに去られてはこちらも困る」

「問題だらけですね」

「まだあるぞ」

大佐は俺に顔を近づけてきた。

「リトレイユ公は第六特務旅団を手駒として各師団に貸し出すつもりのようだ。今はジヒトベルグ家と何やら相談しているらしい」

「第二師団ですか」

第二師団を擁する門閥にして、『五王家』の序列第二位。

第六特務旅団の本部は、ミルドール家とジヒトベルグ家の勢力圏に挟まれた空白地帯にある。兵を貸し出すにはちょうどいい相手だ。

「で、あの女は我々を高く売りつけるために、さらなる戦力増強を要求してきた。資金や資材は出すからもっと強くしろと言っている」

「金があれば強くなれるというものでもないのですが」

なるほど、こりゃ問題だらけだな。

俺は少し考え、大佐に笑いかける。

「では三つとも解決しましょう」

「できるのか？」

「完全にではありませんが、少なくとも大佐の眉間のしわは消えるはずです。美人が台無しですよ」

俺が言うと、大佐は眉間を指で擦《こす》る。

「あまり私をからかわないでくれ。……まあ、ではよろしく頼む」

「はっ」

×　×　×

そして、その日の夕方。

「ということで、部隊の改革案をまとめてきました」

「早いな？」

大佐もさすがに驚いた顔をしている。そんな上官を見るのが楽しい。

「まず中隊を構成する三個小隊を二個小隊程度に再編します。どうせライフル騎兵銃が足りていませんから、歩兵ばかり多くても部隊の増強につながりません」

ライフル騎兵銃は月に数挺しか増えないので次の作戦に間に合わない。

「削減する一個小隊分は射撃や走力、闘争心などの面であまり歩兵に向いていない者たちです。ですので他の仕事を割り当てます」

「他の仕事？」

「とりあえず鼓笛隊と伝令の騎兵ですね」

ゼッフェル砦《とりで》の防衛戦で痛感したが、やっぱりラッパか何かで合図しないと兵をうまく動かせない。

声で指揮できるのはせいぜい五十人以下だし、別動隊と連携するのも難しい。

「銃は撃てなくてもラッパなら吹けるでしょう。ラッパで人は死にませんから、銃が嫌ならラッパの訓練をしてもらいます。あるいは軍隊式馬術を」

「確かに通信に従事する人員が欲しいとは感じていたが……」

大佐は思案し、すぐにうなずいた。

「いいだろう。教導はできるか？」

「さすがに小官の手には余りますので、それぞれ使えそうな者を中隊から見つけてきました」

俺が書類を差し出すと、大佐は目を通す。

「鼓笛隊教官はラーニャか。確かフィニスから流れてきた旅楽士の一座だったな」

「はい。射撃や走力は下から数えた方が早いですが、楽器なら何でも得意だそうです」

「で、馬術教官はサテュラなのか。流民なのは知っているが、乗馬が得意だったとは知らなかった」

「彼女はキオニス連邦王国出身です。キオニス騎兵《キオニシャラーン》ですよ」

キオニス連邦王国は異教徒の国で、何十もの遊牧民族が数人の王の下に集まってできている。

キオニス騎兵は各氏族の戦士たちを指し、全員が馬術の達人で槍《やり》や弓を巧みに操る。そして氏族のために戦うときは極めて勇猛だ。

「出身氏族が他氏族に滅ぼされたのでシュワイデルに流れてきたそうです」

「あそこはいつも内輪で争っているな……」

彼らは同じ国の民という感覚が希薄で、しょっちゅう氏族単位で争っている。

ただし他国の侵攻に対しては一致団結して激しく抵抗するので帝国も手を焼いている。

「キオニス騎兵の出身なら申し分ないな。軍馬は実家に余ってるのを数頭もらってくる」

さすがは五王家のひとつメディレン家、軍馬が余ってるらしい。あれメチャクチャ高いぞ。前世の感覚で言えば装甲車ぐらい高い。維持費も高い。

「ありがとうございます。それともうひとつ」

「なんだ？」

「砲兵隊を設立しようと思います」

俺は計画書を提出する。

「先日の戦闘でも痛感しましたが、やはり火砲のない軍隊では戦えません。自前の砲兵中隊を持つべきです。それに歩兵の適性がなくても砲兵には向いているという者もいるでしょう」

とにかく人が足りないのだ。辞めてもらっては困る。戦列歩兵以外の仕事を用意するから軍隊に残ってほしい。こっちも必死だ。

大佐は計画書をめくり、俺をちらりと見た。

「砲術教官はどうする？」

「ダンブル大尉から手紙が来まして、小官の同期を送ってくれるそうです」

「第三師団から？　ずいぶん気前がいいな」

「先の戦闘で脚を負傷して、戦えない体になってしまったそうで……」

強制的に退役させられそうになっているので、第六特務旅団で使ってはもらえないか。手紙にはそうつづられていた。「君がいるなら安心して託せる」とも。

そう言われると俺も悪い気はしない。それに今回来るのは、俺の同期の中でも結構親しかったヤツだ。

「人柄と能力は保証します。女性の扱いも心得ていますし既婚者ですので、この旅団にも馴染みやすいかと」

「貴官がそう言うのなら信用しよう。教官はそれでいいとして、大砲はどうする？」

俺は肩をすくめてみせる。

「約束通り、リトレイユ公に資材を提供してもらいましょう。ブルージュ軍に貸してやるぐらい大砲をお持ちのようですし」

「そうだな。第五師団の砲を融通してもらおう」

大佐の交渉力と政治力はなかなかのものなので、裏で手を回してくれるだろう。この際、多少卑怯《ひきょう》な方法でも構わない。とにかく砲兵隊は必要だ。

もしゼッフェル砦の防衛戦で大砲がなかったら、たぶん半日で陥落していた。

大佐は頰杖《ほおづえ》をついて俺を見上げる。

「まったく、貴官は頼りになる参謀だな」

「恐縮です」

「次はどんな無茶を頼もうか考えているんだが」

「やめてもらえます？」

頼まれたら頑張るけどさ。

第31話　旧友との再会

しばらくして、そいつは第六特務旅団の本部にやってきた。

「ユイナー！　ユイナーじゃないか！」

良く通る美声と、誠実そうでさわやかなハンサム顔。鍛え上げられた体つき。

俺は士官学校同期の相変わらずのハンサムっぷりに何だか苦手意識を覚えつつも、懐かしさに笑みを浮かべる。

「ロズ！　脚を負傷したと聞いたが元気そうで安心したぞ！」

「なに、吹っ飛ばされた訳じゃない。ちゃんと股間にくっついてるさ。ただ走るのが少々しんどくてな」

ロズ中尉は苦笑いした。よく見るとほんのわずかにだが、左脚をかばうような歩き方をしている。

あの感じだと走るのはもちろん、乗馬も難しそうだ。

戦場での移動に支障をきたすとなると後方勤務しかないが、教官職や戦技研究はベテランが就く仕事だ。若手将校は普通にお払い箱にされてしまう。

だからうちで引き取ることにした。

一緒に出迎えたハンナ下士長が敬礼しているので、俺は彼を紹介した。

「こいつが砲兵科の秀才、ロズ・シュタイアーだ。そろそろ大尉になったか？」

「はは、なれる訳ないだろう。まだ中尉だ。お前こそ参謀中尉になったそうだな。おめでとう。俺が見込んだ通りだ。やはり俺の人物眼は大したもんだな」

そう言ってウィンクしてみせるロズ中尉。本当にさわやか野郎だな。ムカつくぞ。

「ハイデン下士長、こいつは口が達者だから気をつけてくれ。『おしゃべりロズ』と言えば砲兵科随一の女たらしだったからな。ミルドール公弟殿下の三女を射止めた実績つきだ」

「人聞きが悪いな。きちんと夾叉《きょうさ》を取って、後は当たるまで撃ち続けただけさ」

ロズ・シュタイアーは平民出身だ。平民といっても裕福な商家の次男坊なので、俺とは全然違う。中流階級の上の方だ。

温和で人望もあり、見た目も良い。もちろん努力も怠らないから成績優秀だ。軍務も申し分ない。野心はなく謹厳実直という、軍人の鑑《かがみ》みたいなヤツだった。

だからミルドール公の弟も気に入って、大事な娘との結婚を許した。ミルドール家を盛り立てる人材だと判断したのだろう。

……ただ、彼は少しばかり運がなかった。

「だが本当に良かったのか？　第六特務旅団は女の子だけの旅団で、今はまだ歩兵一個中隊しかない。女の子相手に砲術の教官をすることになるんだぞ？」

するとロズは苦笑する。

「軍から除隊になれば俺の居場所はなくなる。実家は兄貴が継いだし、俺は大砲のことしかわからん朴念仁だ」

「朴念仁ではないだろ」

こいつは女性の扱いがメチャクチャ上手《うま》い。

だからこそ、うちの旅団に来ても問題は起こさないだろうと思ったのだ。相手の身分が何であれ、女性に高圧的な態度を取るような男ではない。

「しかし第三師団から追い出された今、お前の奥方は……」

たぶんもう離縁させられただろう。彼の妻がどう思おうがミルドール公弟が許すはずがない。

だがそのとき、彼の後ろから誰かやってきた。

「あなた、そちらの殿方がクロムベルツ様ですの？」

上品でおっとりした感じの美女が微笑《ほほえ》んでいる。もしかしてロズの奥さんか？

ロズは苦笑した。

「おいおい、やんちゃな姫君だな。馬車にいろと言っただろう？」

「早くお会いしたかったのよ。あなたの一番の親友でしょう？」

そうなの？

ロズの奥さんは俺に一礼する。

「お初にお目にかかります。ロズ・シュタイアーの妻、ユリナと申します」

「最初に夫が妻を紹介するのがミルドール家の作法なんだろ？」

「あら、シュタイアー家にはそんな作法はないわよ？」

なんだか面白そうな御婦人だ。

さらに面白いことに、彼女のスカートの後ろから二歳ぐらいの女の子がぴょこりと顔を出す。

「ほらマーレット、御挨拶なさい」

「うー……どーじょ」

もじもじしながら頭を下げて、またぴょこりと引っ込む女の子。

俺は二人に順番に挨拶する。

「第六特務旅団のユイナー・クロムベルツ参謀中尉です。ロズ中尉には士官学校で大変世話になりました。……あの、マーレット？　俺は君の父上の友達なんだ。よろしくな？」

なんか冷や汗が出てきた。訳あり人間の巣窟に幸せ家族がやってきたぞ。

ロズが頭を掻《か》く。

「ユリナが絶対に離縁はしないと言い張ってな。意地の張り合いの末、マーレットまで加勢して義父上《ちちうえ》を屈服させた」

目に浮かぶようだ。孫には勝てなかったか。

「だが義父上が折れた本当の理由は、第六特務旅団がゼッフェル砦《とりで》の防衛戦で軍功を挙げたからだ。君たちのことを、お飾りではない本物の戦士たちだと言っていたよ」

そう言ってもらえると嬉《うれ》しい。みんな命懸けで戦ったからな。

ロズはさらに言う。

「それにこれでアルツァー閣下と御縁ができれば、メディレン家とのパイプになるからな。ミルドール家は今、少々苦しい立場だ」

「わかっている。『東』の連中だろう？」

ミルドール領の北東部にはリトレイユ領と帝室直轄領がある。

ロズは無言でうなずき、それから明るく笑う。

「そんな訳で一家で世話になるぞ。ミルドール家に何か言いたいことがあれば、うちの嫁さんに頼め。公弟殿下はミルドール家の財務を担当しているからな」

「そうするよ……」

なんだか凄《すご》いコネを手に入れちゃったな。ありがたいと言えばありがたい。

俺はハンナと顔を見合わせて笑い、それからシュタイアー家の人々に笑いかける。

「ようこそ、第六特務旅団へ。旅団長閣下が官舎を用意してくれましたので、荷物はそちらへどうぞ」

×　×　×

それから数日して、アルツァー大佐は旅団長室で笑っていた。

「シュタイアー中尉は優秀な砲兵将校だ。教え上手で兵からの評判もいい。良い人材を引き抜いてくれた。さすがは我が参謀といったところだな」

「見切り処分品になっていた人材を安く買い取っただけですよ」

ロズ中尉はブルージュ軍の砲撃で負傷し、前線での任務が困難な体になった。もし先日の戦闘がなければ、今でも第三師団期待の若手将校として第一線で活躍していただろう。

彼はリトレイユ公の陰謀で人生を狂わされた被害者だ。

ふと気づくと大佐が俺の顔をじっと見ている。

「いい顔をしているな。友人を救えたのが嬉しいか？」

「まあ……悪い気分ではないです」

ロズが職と家族を失わずに済んだことに正直ほっとしている。俺らしくもない感情だ。

なんだか照れくさいので、俺はわざと悪い顔で笑ってみせる。

「彼には役に立ってもらいましょう。第五師団から中古の野戦砲五門が届きました。過去の砲撃記録つきですので、さっそく砲兵への転換訓練で使うことにしましょう。いやあ、読み書き計算をみっちりやらせておいて正解でした。なんせ砲兵は教本と算術が必須ですから」

早口でまくし立てたが、大佐は俺の顔をまだ見つめている。

「……なんですか？」

「ふふっ」

なぜか生温かい顔で笑われた。

なんだよ、死神参謀だぞ俺は。怖いんだぞ。

こうして第六特務旅団の演習場には、朝から夕方まで大砲の音が轟《とどろ》くことになった。

歩兵二個小隊約百人と、砲兵中隊の野戦砲五門。それに鼓笛隊と偵察騎兵たち。

まだまだちんまりとした軍勢ではあるが、徐々に編制が充実してきた。

第32話 おしゃべり中尉と砲兵乙女たち

ブルージュ軍の侵攻から数ヶ月が過ぎ、国境地帯はしばらく平穏を保っていた。

ミルドール家率いる第三師団は弱体化したため、国境地帯の警備はリトレイユ家の第五師団が引き受ける形になっている。

しかし第五師団は積極的な作戦は行わず、両国の国境地帯はブルージュ軍が実効支配したままになっていた。

ミルドール家としては内心穏やかではないだろうが、兵力を借りている立場なので文句も言えない。

ゴドー要塞と支城網も再建途中だ。

少々気の毒に思いつつも、この小康状態は第六特務旅団にはありがたかった。なんせ装備の更新と兵の訓練ができる。

おかげさまでピカピカの砲兵隊が誕生し、鼓笛隊も誤りなく指示を伝達できるようになった。騎兵たちも馬の扱いに慣れ、見ていてハラハラすることはなくなった。

だがもちろん、あのリトレイユ公が何もしてこないはずがない。

×　×　×

唐突に旅団長室に現れたリトレイユ公は、にこやかに微笑《ほほえ》みながらえげつないことを言い出した。

「キオニス連邦王国との戦争をいたしましょう」

俺とアルツァー大佐は無言のままだ。静寂の中、外でロズ中尉が砲兵隊をバシバシ鍛えている声が聞こえてくる。

大佐が俺をちらりと見たので、俺は溜息《ためいき》をついてリトレイユ公に質問した。

「戦争計画の提示をお願いします」

「お引き受けくださるの？」

「断れるのなら断りますが」

「あら、それは無理ですよ」

リトレイユ公はクスクス笑い、こう続ける。

「キオニス側はもう戦う気まんまんですから」

大佐が不快そうに吐き捨てる。

「話がまわりくどいのは無能の証拠だ。貴公は無能か？」

するとリトレイユ公はスッと目を細める。やっぱこの人、すごく糸目だ。

糸目美人は割と好きなんだが、この人は性格が最悪だからな……。

「『五王家』序列第二位にありながら、かのジヒトベルグ家は愚かにもキオニスの遊牧民と諍《いさか》いを起こしました。今はまだ一氏族が戦っているだけですが、じきに他氏族にも飛び火します。第二師団の戦列歩兵では太刀打ちできません」

リトレイユ公が真面目になったので、俺も真面目に質問する。

World Map

転生諸派国
アガン王国
ブルージュ公国
流血海
リトレイユ領
メディレン領
シュワイデル帝国
帝室直轄領
ミルドール領
★第六特務旅団
ジヒトベルグ領
キオニス連邦王国
エオベニア王国
安息諸派国
フィニス王国

「太刀打ちできそうか判断するのは我々です。そう思われた根拠をお願いします」

即座に封書が机上に置かれた。

「第五師団の参謀たちによる最終報告書です。第二師団の戦列歩兵は練度が低く緩慢、野戦ではキオニス騎兵《キオニシャラーン》の機動力に対抗できないとのことです。戦列歩兵二千に対してキオニス騎兵五百の机上演習では、第二師団の勝率は二割以下でした」

大佐が目線で「貴官が読め」というので報告書をざっと読んだが、分析結果はプロの参謀が過去の統計を基に綿密に計算したものだった。俺にはおかしな点が見つからない。

俺は士官学校で習ったことを思い出しながら大佐に説明する。

「キオニス騎兵は練度が高く、散開しながら弓で襲撃することができます。この方法を採られると戦列歩兵側は敵の一部しか叩《たた》くことができません。また騎兵突撃を敢行された場合、方陣への隊列変更が間に合わずに大打撃を受けるという分析です」

「貴官はどう思う？」

「異論を差し挟む余地がありません。士官学校の教本の対騎兵戦術に書いてある通りです」

「そうか……」

大佐はしばらく沈黙し、それからリトレイユ公を見つめる。

「ちょうどいい位置に第六特務旅団がいるな。高く売りつけるつもりか？」

「さすがに第五師団はこれ以上展開できませんから、そうして頂けると助かります」

大佐はすかさず問う。

「見返りは何だ」

「予算と人員の規模を増やし、旅団に相応《ふさわ》しい兵力にするよう陸軍総司令部へ働きかけましょう。皇帝陛下への提言もいたします」

『五王家』の当主が働きかければ陸軍総司令部といえども無視はできないだろう。『五王家』の当主は形式的には帝位継承権すら持っているのだ。皇帝だって無視できない。

それにリトレイユ公が実質的に支配している第五師団は、今やアガン王国やブルージュ公国との戦いになくてはならない戦力だ。軍内部での発言力はかなり大きくなっている。

俺は大佐に耳打ちする。

「閣下、お買い得です」

「わかっている。それにジヒトベルグ領が危うくなれば、どのみち我が旅団にも出撃命令が下る」

大佐は不承不承だがうなずき、リトレイユ公を睨《にら》んだ。

「相変わらず貴公の申し出は不健全極まりないな。だが気に入った。その約束、決して破るな」

「肝に銘じておきましょう」

リトレイユ公は微笑むと立ち上がった。

そこにハンナ下士長が入ってくる。

「失礼します。シュタイアー中尉が砲撃演習を閣下に御覧に入れたいと……」

そこまで言って、彼女はリトレイユ公に気づいてギョッとした顔になる。

「しし、失礼しましたっ！　ご来客中とは知らずっ！」

しかしリトレイユ公は穏やかに微笑み、首を横に振った。

「構いませんよ。ハイデン下士長、お疲れ様です」

今日は人当たりがいいな。交渉がうまくいったからだろうか。

軍服コスプレの美女はハンナに軽く会釈し、大佐に向き直る。

「これ以上はお邪魔でしょう。用件は済みましたので、本日はこれで」

「来るだけで邪魔なのだがな。貴公とはあまり会いたくない」

「それは……そうでしょうね」

ふふっと笑うリトレイユ公。

そして彼女はびっくりするぐらいさっさと帰ってしまった。

アルツァー大佐は椅子の背もたれに体を預け、長い黒髪が流れるのも構わずにずるずる滑り落ちていく。

「やれやれ、今日は口説かれずに済んだぞ。いつもこうだといいんだが」

「お疲れ様です」

大佐の心労はよくわかる。俺だって陰湿そうな糸目のイケメンに言い寄られたら同じ反応を示すと思う。

「それよりも閣下、砲兵隊の視察を」

「わかっているから少し休ませてくれ……」

よっぽどリトレイユ公が苦手なんだな……。

×　×　×

砲兵隊の仕上がりは上々で、ロズ中尉も御機嫌だ。

「いや、後進の育成もなかなか楽しいな。人が育つのを見るのはいいものだ。殺すよりもずっといい」

発言がなんだか物騒だが、こいつは先日までブルージュ人に砲弾を当てる仕事に就いていたから仕方ない。

砲兵へと転身した女の子たちも楽しそうだ。

「銃よりこっちの方がやりやすいです！」

「当たったときの達成感が凄《すご》いですよ、大佐殿！」

汗とススにまみれている砲兵ガールたちを、大佐が慈しむように見つめている。

「どうせ戦うなら自分に合ったやり方がいい。昨今では大砲が戦場の主役であり、重要性は今後ますます高まる。……と、うちの参謀が言っている」

言いました。

大佐はさらに言う。

「お前たちは帝国史上初の女性砲兵となる。もちろん我が旅団にとっても初の砲兵だ。責任重大だぞ。シュタイアー中尉からしっかり学ばせてもらえ」

「はいっ！」

人望あるなあ。いいなあ。

俺は参謀だから指揮官ほどは人望がなくてもたぶん大丈夫だが、かといって嫌われる必要はない。

でもどうやれば好かれるのか全然わからない。相手は若い女の子だ。

まあいいやと思って黙っていると、ロズのやつが余計なことを言い出した。

「なんだなんだ、みんなユイナーがお気に入りか？　ダメだぞ、こいつはうちのマーレットの婿にするからな」

「冗談はよせ。お前の愛娘《まなむすめ》はまだ二歳だろう」

俺は士官学校の同期をじろりと睨み、それからもっと大事なことを言う。

「それに誰と結婚するかは当人が決めることだ。父親に決定権はない。違うか？」

ロズの妻であるユリナは、父親のミルドール公弟と大喧嘩《おおげんか》してまでロズにくっついてきた。

当然、ロズの娘のマーレットもそうなるだろう。そうあってほしい。

するとロズは頭を掻《か》いて苦笑する。

「はは、こりゃ参ったたな。お前の言う通りだ。……どうだ、みんな。やっぱりこいつは興味深い男だろ？」

砲兵の女の子たちの中に、うんうんとうなずいてる子が数名いる。

ああ、なるほど。そういうことか。ロズは俺がこう答えることをわかった上で、わざと絡んできたのだ。俺の評価を少しでも良くするために。

昔からこいつはそういうヤツなんだ。

俺は溜息をついて異世界の友人に釘《くぎ》を刺す。

「俺のことはいいから自分の仕事をしてくれ。お前は昔から人が好《よ》すぎる」

「お前に言われたくないぞ。何が『死神クロムベルツ』だ。士官学校じゃ『助《すけ》っ人《と》ユイナー』で通っていたくせに」

士官学校では実力で這い上がってきた平民と、実家の看板を背負わされた貴族との間でいろいろあった。

俺は平民側で極力おとなしくしていたが、何かある度に仲裁役を押しつけられていた。おかげで貴族の御曹司たちから憎まれたものだ。

「お前らが巻き込むからだろ……」

「巻き込めば必ず何とかしてくれたお前が悪い」

聞きましたか女子の皆さん？　こいつこんな男ですよ。今の言い草ってある？

「おかげで俺がどれだけ困ったか」

「いいじゃないか、お前は平民にしちゃデカいし剣術の名手だ。知恵も度胸もある。貴族の坊っちゃんがたもビビるのさ」

「今気づいたんだが、俺がどこの門閥のコネも作れなかったのはお前らのせいだよな？」

「気づいてなかったのか？　おいおい、なんてお人好しだ！」

ロズ中尉はおおげさに天を仰いでみせた。

「前言撤回だ、やはりこんな底抜けのお人好しの婿殿は困る！　みんな、こいつの嫁になると苦労するぞ！」

「だからやめろって」

恥ずかしいだろ。兵が見てる。

大佐たちまで笑ってるじゃないか。勘弁してくれ。

閑話① ほのかな思慕

「まだかな？」

旅団司令部の長い廊下で、キョロキョロと周りを見回している女性兵士がいた。

「そろそろ来られるはずなんだけど……」

懐から紙片を取り出し、拙い走り書きをチェックしている。最近やっと字が読めるようになってきたが、これもクロムベルツ参謀が教練に座学を取り入れてくれたおかげだ。

メモには「午後の教練の後、参謀は旅団長室に行く」と書かれている。この重要情報を手に入れるため、彼女は麻紐一巻きと黒パン二個を支払っていた。

そのとき。

「そこで何をしている？」

至近距離から男性の声がして、女性兵士は「ひゃっ!?」と飛び上がった。

振り返るとクロムベルツ参謀中尉が、不思議そうな顔をして立っている。小脇に書類の束を抱えていた。

クロムベルツ参謀は女性兵士をじっと見つめる。

「確か第一小隊のレラ……すまん、姓が思い出せない」

「姓？ あ、シオン村のレラです」

この世界では姓を持たない平民も多く、彼らは所属する共同体を名乗る。農民なら自分の村の名前が姓の代わりだ。

クロムベルツ参謀は軽くうなずいた。

「ああ、レラ・シオンか。うん、思い出した。ありがとう」

「いっ、いえっ!?」

穏やかなクロムベルツ参謀の笑顔に、レラは思わず見とれてしまう。

するとクロムベルツ参謀は笑顔のまま、ちょっと困ったようにこう言った。

「ところで、ここは当番兵以外は立ち入りを控えるように言われている場所だぞ。忘れたのか？」

「あああ、それはですね!?」

まさか本当のことを言う訳にもいかず、慌てるレラ。

クロムベルツ参謀は怪訝そうな顔をして、傍らの衛兵当番たちを振り返る。

「この先には旅団長室もあるし、書庫や資料室もある。軽々しく人を近づけないのがお前たちの役目だぞ？」

「も、申し訳ありません参謀。ですが……」

衛兵当番の女の子たちは、困ったようにチラチラとレラの顔を見ていた。彼女たちはレラの事情を知っている。

（参謀殿に言ってあげようか？）

そんな視線を感じて、レラは慌てて首をぶんぶん横に振った。

（ダメ！　絶対ダメ！）

ますます困ったような顔をする衛兵当番たち。このままだと叱責を受けるのは彼女たちだ。

一般的に、シュワイデル将校は躊躇なく兵卒を殴る。軍隊では階級差が絶対であり、命令を軽んじる兵卒に軍紀を「思い知らせる」のも将校の責務とされているからだ。

だがクロムベルツ参謀の場合、決して暴力は振るわない。

彼の顔からは笑みは消えていたが、あくまでも落ち着いた様子で質問してくる。

「あまり勝手にうろうろされては困る。何か事情でもあるのか？」

「あっ、はいっ！　いえっ⁉」

あるともないとも言えず、しどろもどろになるレラ。

クロムベルツ参謀はしばらくレラの顔をじっと見つめていたが、やがて何かに気づいたような顔をした。

「もしかして旅団長閣下に相談したいことがあるのか？」

「ああぁ⁉　そっ、そうですっ！　そそ、相談です！」

渡りに船とばかりに、レラは激しく何度もうなずく。実際は相談など何もないが、もうそれで通すしかない。

クロムベルツ参謀は急に表情を和らげ、軽くうなずいた。

「なるほど。すまない、男性の俺には言いづらい話のようだな。不躾な質問をして悪かった」

（悪くないです！　ああ、メチャクチャ優しい！　笑顔が眩しい！）

レラの故郷の男たちは例外なく横柄で暴力的だった。第六特務旅団に来てみたものの、参謀将校は男で、やはり暴力を振るう。

だからレラは「世の中の男はみんな暴力的なんだな」と思っていたのだが、クロムベルツ参謀だけはそうではなかった。

穏和で気配り上手なエリート参謀に心を奪われた女性兵士は多数いて、レラもそんなクロムベルツファンの一人だ。

クロムベルツ参謀は再び笑顔になり、レラを手招きする。

「ちょうど俺も旅団長室に報告に行くところだ。俺の報告の後で良ければ、旅団長閣下に相談に乗ってもらうといい。一緒に行こう」

「おっお供します！　どこまでも！」

「いや、旅団長室はすぐそこだから。すまないがこの後も用事がある。ついてきてくれ」

歩き出したクロムベルツ参謀の斜め後ろを、レラは恐る恐る歩いていく。

別にクロムベルツを怖がっている訳ではないが、一兵卒が参謀中尉と横並びに歩いたら怒られそうな気がしたのだ。

しかしクロムベルツ参謀は軽く振り返り、急に歩度を落とす。

「ん？　少し早足だったか？」

（うわあああ!?　参謀殿が私に気を遣ってくれてる！）

今日はいろいろ起こりすぎて、レラの脆弱な精神が危うくなってきた。

クロムベルツ参謀は笑いながらこう言う。

「歩兵の仕事は歩くことと走ること、そして体調を保つことだ。銃を撃ったり敵を倒したりするのはその後でいい。行軍訓練は厳しいだろうが、がんばってくれ」

「がんばります！」

もっと話したいところだったが、旅団司令部の長い廊下は意外にもあっけなく終わってしまう。

「さて、じゃあ俺が旅団長閣下に報告をする間、どこかで待たせてもらおう」

クロムベルツ参謀はそう笑うと、ドアをノックした。

間髪いれず、室内からアルツァー旅団長の声がする。

「来たか」

「はい、午後の報告に参りました。それと、レラ・シオンが御相談したいそうです」

「そうか、では二人とも入れ」

クロムベルツ参謀は振り返ると、レラに微笑みかけた。

「よかったな、中で待たせてもらえそうだ」

「はい、よかったです！」

何がどう「よかった」のかは、さすがにレラも言わなかった。


重厚な調度品が並ぶ旅団長室で、クロムベルツ参謀はアルツァー旅団長と向き合っていた。だがもちろん、男女の雰囲気ではない。

「本格的な行軍訓練の実施予定なんですが、少し遅らせようかと思っています」

「何かあったのか？」

怪訝そうな顔の上官に、クロムベルツ参謀はよどみなく答える。

「この数日の訓練を見る限り、まだ基礎体力が足りていません。食事内容の改善も含め、全員の体力の底上げを図りたいところです」

「貴官は本当に兵を歩かせるのが好きだな」

「歩兵が戦場から生還するためには、自分の足で歩くしかないんですよ。皆の命がかかっているんです」

クロムベルツ参謀は真剣な表情だ。普段見せている穏和な表情とは対照的で、ハッとするほど厳しい。

だがすぐに、彼はいつもの笑みを浮かべる。

「それに足腰が丈夫になれば、退役した後の生活でも役立つでしょう。小官も老後は矍鑠《かくしゃく》とした老翁を目標としております」

「ほう。老けた貴官も見てみたいな。さぞかし苦み走った好い男だろう」

頬杖をついてアルツァー旅団長が笑う。その言葉の意味するところは明らかだ。

しかしクロムベルツ参謀は気づいていないのか、苦笑いしてみせる。

「その歳まで生き残ればいいんですが。早く退役して楽になりたいものです」

「辞めるなよ？」

冗談っぽいが、旅団長の言葉には抜き身のサーベルのような迫力があった。レラは内心震え上がる。

そんな報告業務が終わり、クロムベルツ参謀は軽く敬礼した。

「では小官は席を外しますので、レラの相談に乗ってやってください」

「参謀が席を外すのか？」

「小官のような無粋な男がいると何かとやりづらいでしょう。では」

無粋とは無縁の参謀はそう言い、最後にレラに軽く手を振って退出していった。去り際も見事だ。

残されたレラは、旅団長と二人きりになる。

「あの参謀はたったひとつの事柄についてのみ無粋の極みだ。そうは思わないか、レラ・シオン？」

アルツァーはそう言って苦笑いすると、髪をふわりと払った。香水の爽やかな香りが辺りに漂う。

「おおかた、あの男の周りをうろついていて苦し紛れの方便でも使ったのだろう？」

「は、はい。すみません」

しょんぼりして謝るレラに、アルツァーは軽く手を振った。

「気にするな。何かあれば私が取りなしてやる。身分や階級に関係なく、機会は平等にあるべきだ。選ぶのはあの男だからな。そうだろう？」

「そう……ですね」

言われてみればその通りだ。どれだけクロムベルツ参謀に憧れても、彼が自分を選んでくれなければ恋は成就しない。

レラは拳をぎゅっと握りしめる。

「私、参謀殿が驚くぐらいに立派な兵士になります！」

「その意気だ。だが張り切りすぎて死ぬなよ？」

「はい！」

新たな決意を胸に、レラは直立不動で敬礼した。

第33話 戦場の女神

「ジヒトベルグ領か……」

旅団長室でアルツァー大佐が頭を抱えている。サラサラの黒髪が台無しだ。

「キオニスとの国境地帯は乾燥した草原で、都市も資源がないと聞く。補給の問題が出てくるぞ」

「こうなったら輜重隊《しちょうたい》も編制しましょう。馬車を購入して旅団内部で自己完結するんです」

どうせ砲兵隊の野戦砲も馬車で引っ張るので、まとまった数が必要だ。

馬車があれば負傷者を運ぶこともできるし、みんなの荷物も運べて疲労を軽減できる。戦闘に不向きな兵士の新たな異動先にもなる。

大佐は顔を上げ、俺をちょっと睨《にら》んだ。

「輓馬《ばんば》と馬車の購入費や維持費がどれぐらいかかるのか、貴官は知っているだろう。予算が湯水のように湧いてくると思ったら大間違いだぞ」

「湯水が湧いてくるという表現、なかなかいいですね」

メディレン領は海辺なので水が豊富にあり、日本と全く同じ慣用句がある。こういうのは転生者にとってちょっぴり嬉《うれ》しい。

しかし大佐がますます俺を睨んでくるので、俺は軽く咳払《せきばら》いをした。

「その辺りは旅団長閣下のお力で何とかして頂ければと。経済力を伴わない軍事力など存在しません。金がないのに戦争をするのは愚か者です」

「気安く言う」

大佐は深々と溜息《ためいき》をつき、体を起こして椅子にもたれかかった。

「だが貴官の言葉はおおむね正しい。軍事的才能に恵まれぬ私としては、せめて経済的な支援ぐらいは何とかせねばな」

「よろしくお願いします」

これぱかりは俺にはどうしようもない。

大佐は濁った目で引き出しを開け、ペンと紙を取り出した。

「では私は今からあちこちに手紙を書き、いろいろな人と会い、様々な組織と交渉する。だから邪魔をするな。あと、もっと尊敬しろ」

「小官はこの地上の誰よりも閣下を尊敬しております」

前髪を払いつつ、疑わしそうな顔をする大佐。

「本当か？」

「本当です」

俺はビシッと敬礼して、それからそそくさと旅団長室を後にした。

陸軍総司令部は恐ろしくケチで、軍の予算だけでは兵の給料すらまともに払えない。各師団には五王家のいずれかがバックについており、そこからの資金で何とか補っているのが現状だ。

そして第六特務旅団は表向きフリーの独立部隊なので、どこの貴族も金を払ってくれない。

だからアルツァー大佐は予算獲得のために奔走する羽目になる。うちの旅団の貴族将校は彼女一人だ。

もともと大佐の使命感ひとつで創設された旅団なので、そこは頑張ってもらうしかない。

旅団長室でもらった書類を手に、俺はハンナ下士長のところに向かう。

彼女は下士官詰所で休憩中のようだ。片手で本を持ち、チェスに似たゲームを独りでやっている。前世で言うと詰め将棋みたいな代物だ。

「あっ、参謀殿！」

立ち上がって敬礼しようとするハンナを制する。

「すまん、休憩中だったか。詰所に押しかけた俺が悪いんだ。気にしないでくれ」

中間管理職である下士官は気苦労が多く、オフィスと休憩室を兼ねた詰所ぐらいしか休める場所がない。一歩外に出れば兵士の面倒を見て、将校の命令に従う日々だ。

「詰め五王棋《ごおうぎ》か、意外だな」

「すすす、すみません！　ゲームなんかしてて！」

「休憩中にゲームをしようが昼寝をしようが貴官の自由だ。それにしても難しいのをやってるな」

『五王棋』はシュワイデル帝国式チェスで、五王家を表す六つの大駒と数種類の小駒を使う。

大駒が「六つ」というのが、実は歴史的な因縁を表している。

かつてシュワイデル帝国は『六王家』が支配していた。

ハンナはわたわたしながら、俺と盤面を見比べている。

「い、いえ、なかなか友達ができなかったときに大佐殿がこれを教えてくださいまして！　でも人と戦うのが苦手なので、ずっと詰め五王棋をですね」

よっぽど見られたくなかったのか、ハンナは顔が赤い。

しかし俺は感心していた。

「凄《すご》いじゃないか。これ『騎士級』の問題集だろ？」

騎士級はアマチュア最上位クラスで、貴族のサロンでも通用するレベルだと聞く。平民でこのクラスに到達できるのは豊かな都市商人や聖職者などだ。

帝国の各王家には王立棋士協会があり、そこで五王棋士として認定されれば富裕層相手に指導ができる。平民が上流社会に入り込むルートのひとつだ。

実は俺もこのルートを考えたことがあったが、問題が難しすぎて全く解けなかった。異世界は俺に厳しい。

「俺なんか『従士級』でも苦労するぞ。ハイデン下士長は賢いな」

「いえ、独りで考えるのが好きなので……」

俺にはなんとなくわかる。

ハンナは男尊女卑の風習が強い地域に、あまりにも恵まれた体格で生まれてきた。男性なら歓迎されただろうが、女性が並の男性をしのぐ体格だったのが不幸の始まりだ。

両親が流行《はや》り病《やまい》で死んだ後、村人たちから化け物扱いされて粉ひき小屋に監禁された。そんな生い立ちを持つ彼女は、今も見えない敵意に怯《おび》えて生きている。争い事も苦手だ。

気の毒な話だ。現代日本に生まれていれば、彼女は優れたアスリートになれただろう。

そう、思っていた。

だが彼女の優れた点は体力や運動能力だけじゃなかった。頭もいい。とっさの機転ではなく、熟慮して最善手を見つけ出すタイプの賢さだ。

長い孤独と周囲の敵意が、彼女に深謀遠慮の知恵を授けた。……あんまりそうは見えないが。

だが詰め将棋の名手と優秀な軍人は別物だ。俺は別の問題集を開く。砲兵科の初等教本だ。

「ハイデン下士長、この一手は指せるか？」

俺は敵味方の配置図を示す。

「貴官は砲兵中隊の指揮官だ。会戦中に敵騎兵が側面から奇襲を仕掛けてきた。味方の戦列歩兵は方陣で防御しているが劣勢だ。このままでは危うい。貴官ならどこに砲撃する？」

ハンナは教本をじっと見つめ、数秒間黙考する。

それから迷わずに一点を示した。

「でしたら……ここをひたすら撃ち続けます」

俺はこの瞬間、抱えていた問題が解決したことを知った。

「正解だ」

ハンナが示したのは、戦列歩兵から百メートル以上離れた地点。

まだ敵騎兵のいない場所だ。

だが敵は必ずここを通る。しかもここを通るときは軍馬が全力疾走を開始した後なので、後戻りも軌道変更もできない。

この地点に砲弾の雨を降らせれば、敵の騎兵は甚大な被害を受ける。

タイミングが多少ズレても土煙と飛び散る砂礫《されき》が視界を遮り、地面は穿《うが》たれて凹凸ができる。隊列を維持できない。騎兵本来の凄《すさ》まじい衝突力は隊列が乱れると発揮できない。

ハンナは続ける。

「うん、その通りだ」

「直接狙ってもたぶん当たりませんよね？　でも味方に近すぎると射撃の邪魔になりそうですし」

射界を横切る騎兵に直接砲撃を当てるのは無理だ。照準に時間がかかる大砲は移動目標を追尾しきれない。

だから敵の移動を予測し、最も効果的な地点に砲撃を『置く』のだ。

前世ならシューティングゲームでもやっていれば自然と気づくものだが、この世界でそれを知っている者は鳥撃ち専門の猟師など一部の職業に限られる。

ハンナは誰からも教えられることなく、自分で考えて正解にたどりついた。

「どうやらハイデン下士長には砲術の素質があるようだ。新設した砲兵中隊に下士官がいなくて困っていたんだが、そっちに回ってくれないか？」

「え、ええ？　私がですか!?」

「貴官は闘争心が薄いが優秀な下士官だ。そして砲兵下士官には闘争心よりも冷静な判断力が求められる。特に我が砲兵中隊の場合、中隊長のロズが出撃しづらい。実質的な指揮官は下士官だ」

ロズ中尉は戦傷の後遺症で脚を痛め、馬にも乗れなくなっている。行軍についていけない。

他に砲兵将校がいないので、下士長あたりに中隊長の代行をさせるしかない。

しかしハンナは慌てている。

「で、ですけど、私は下士長ですよ!?」

「心配するな、書類上の中隊長はロズ・シュタイアー砲兵中尉だ。貴官は中隊付下士官として砲兵たちの面倒を見る。それだけだよ」

俺はそう言って、砲術教本をハンナに手渡した。

「野戦砲は軍馬と並んで、我が旅団で最も高価な備品だ。その野戦砲を戦場で託せる者を探していた。貴官が最適だと俺は思うし、旅団長にもそう進言するつもりだ」

俺の言葉を聞いたハンナは、みるみるうちに頬を紅潮させる。

「わ……私がですか？」

「そうだ。貴官しかいない。頼む」

俺に人事権はないし、人の人生を左右できるような立派な人間でもない。だから頼むだけだ。

「参謀殿、私なんかに頭を下げないでください!?　ここっ、困ります！」

「今は上官ではなく戦友として頼んでいるんだ。頭ぐらい下げる。いやほんと、頼む」

ハンナ自身がやる気になってくれなければ、いくら命令しても良い働きは期待できない。

そうだ、褒めまくろう。

「世間の連中はハイデン下士長の体格ばかり評価してきただろうが、俺は貴官の本当の強さは忍耐力と知性にあると思っている。あ、いや人望もあったな。どれも砲兵たちの指揮に必要なものだ」

「褒めてもなんにも出ませんよ!?」

いいや、やる気だけは出してもらう。

「砲兵隊は戦場の女神だが、我が旅団には女神の加護が足りない。貴官がロズ中尉から砲術を学べば、間違いなく砲戦指揮の専門家になれる。次の戦いまでにどうしても必要なんだ。女神になってくれ」

「女神ですか!?　私が!?」

「そうだ」

「女神……参謀殿の……」

「なんか変な誤解してないか？」

「す、すみません！」

セクハラ上司扱いされてないか心配だ。

俺の懇願にハンナは大きな体をもじもじさせていたが、やがて上目遣いに質問してきた。

「参謀殿、これって『お願い』なんですよね？」

「うん、今の段階ではな」

辞令が下りたら命令になるので、いきなり命令する前に相談している。

ハンナはなおも迷っていたが、声を潜めてこう言う。

「じゃあ、あのですね、私からも参謀殿に『お願い』をしても構いませんか？」

「え？　あ、うん。いいぞ」

飯をおごるぐらいなら喜んで。

するとハンナはニコッと笑う。

「じゃあ、『ハイデン下士長』じゃなくて『ハンナ』って呼んでいただけますか？」

「はい？」

「あっ、やっぱりダメですか⁉」

「いや……」

なんだこのお願い。

ハンナはなおも言う。

「ほら、あれですよ、旅団長殿も『ハンナ』って呼んでくださいますし、旅団のみんなも『ハンナちゃん』とか『ハンナさん』って呼んでますから！」

メチャクチャ早口だな。

まあ……それぐらいなら別にいいか。風紀上の問題もないだろう。

「公的な場では従来通り『ハイデン下士長』だぞ？」

「はいっ！」

ハンナは目をキラキラさせ、期待に満ちた目で俺を見つめる。

「ささ、どうぞ」

今呼ぶの？

俺は軽く咳払いをして、それからぎこちなく彼女の名を呼ぶ。

「これからよろしく頼む、ハンナ」

「お任せください！」

風圧を感じるほどの勢いで敬礼された。
本当になんなんだ。

第34話 コーヒーよりも昏く

ハンナ下士長が歩兵科から砲兵科に転身して一ヶ月ほどが経《た》ち、ロズ中尉に弟子入りして砲戦指揮のノウハウを叩《たた》き込まれている。

ロズのヤツは教え上手だから安心だが、砲術は数学を使うのでだいぶハードルが高い。

「もう頭の中で数字がこんがらがっています」

ハンナが苦笑し、ロズが豪快に笑う。

「ははははは！　俺も士官学校では同じことを思ったよ！　大砲を撃つのにどうして算術が必要なのか不思議だった」

俺はロズが持ってきたコーヒー豆を挽《ひ》きながら苦笑する。

「歩兵科だって数学は必要だが、砲兵科は扱う数学が難しいからな。ハンナに押しつけることができた俺は幸運だった」

するとロズが「おっ？」という顔をする。

「なんだなんだ、お前とうとう入籍するのか？」

「違う。全然違う」

相変わらず猟犬みたいに鋭いな。女たらしめ。

俺はコーヒーミルの引き出しを開けて、焙煎豆《ばいせんまめ》の挽き具合を確かめる。

「こんなもんか？」

「おお、いい感じだ。もしかしてどっかで飲んだことあるのか?」

「さっきから詮索がうるさいぞお前は」

俺とロズのやりとりを、ハンナがくすくす笑いながら見ている。

「仲がいいんですね」

「もちろんさ」

「違う」

ロズと俺の答えは正反対だ。

俺はやや粗挽《あらび》きのコーヒー豆をロズに押しつける。

「さあ、そのヘンテコな装置で淹《い》れてくれ」

「やっぱりお前、飲んだことあるだろ? これが何かわかるなんて」

「お前が豆と一緒に持ってきたんだから、コーヒーを淹れるのに必要な道具なのはわかる」

この世界にコーヒー豆が存在していたのは、ちょっと驚きだ。

紅茶は珍しくない。比較的温暖なフィニスやエオベニアで茶葉を栽培しているからだ。もちろん緑茶もある。

でもコーヒー豆は違う。こいつはコーヒーベルトと呼ばれる低緯度地帯でしか栽培できない。そしてシュワイデル帝国周辺は高緯度地帯だ。

つまりロズが鼻歌交じりに淹れているあのコーヒーは、かなり遠方から運ばれてきたことになる。

……この世界のコーヒー豆が高緯度でも栽培できるのなら別だが。

いずれにしても、この世界は広い。だがその全貌は未《いま》だに謎だ。

とりあえず目の前の友人に聞いてみるか。

「なあそれ、どこから入手したんだ？」

「妻の実家からもらったんだ。交易品らしいんだが、俺にもよくわからん」

ロズの奥さんの実家はミルドール公弟。『五王家』第三位の大貴族の門閥だ。金もコネも腐るほどある。

ロズはやがて湯気の立つコーヒーを運んできた。

「さ、できたぞ。ハンナも飲んでみろ。苦くて笑うぞ」

「そんなに苦いんですか？」

「砂糖と牛乳を入れることをお勧めしよう。たっぷりとな」

そんな会話を聞きながら、俺はコーヒーの香りを嗅ぐ。懐かしい香りだ。

だが焙煎したて、挽きたて、淹れたてなのに、香りが弱い。やはり俺の嗅覚は転生前よりも弱くなっている。道理でこの不衛生な世界でストレスを感じない訳だ。

せっかくのコーヒーなのに残念だ……。これだと砂糖や牛乳を入れると味がわからなくなるな。

二十年ぶりのコーヒーなので、俺はブラックで味わって飲むことにする。

「おいユイナー、砂糖ぐらい入れろ。苦いぞ？」

「問題ない」

俺はホットコーヒーの湯気の香りを楽しみ、それから一口飲んで含《ふく》み香《か》を楽しむ。苦みの中にも微《かす》かにフルーティーな香りがして、ほのかな甘味を感じる。ああ、これは確かにコーヒーだな。

だがそれだけだ。

もしかしたらロズの焙煎が下手だったせいかもしれないし、豆が古いだけかもしれない。何にせよ、前世で楽しんだあの味には及ばない。

そんなことを考えていたら、ロズとハンナがひそひそ話を始める。

「参謀殿ったら、この苦いのそのまま飲んでますよ」

「あいつは昔から変わり者だからな。飲み食いに関しては特に変わってる」

前世で似たようなものを見てきたから、いちいち驚かないだけだ。

香りも味も弱いコーヒーだが、とにかくありがたい。思考が冴《さ》え渡る気がする。

「美味《うま》かったよ。また飲ませてくれ」

「お、おう」

ロズは砂糖をたっぷり入れたコーヒーを飲み、それから顔をしかめた。

「貴族社会の流行《はや》りはわからん。俺は紅茶の方がいいな」

「ならその袋ごとコーヒー豆をくれ。ところで」

俺はロズとハンナを睨《にら》む。

「俺の私室は士官用サロンじゃないぞ」

そう。こいつらは俺の私室に押しかけているのだった。迷惑だから帰ってほしい。

だがロズは平然としている。

「ここは士官用サロンがないからな。打ち合わせをするにも旅団長室を占拠する訳にはいかんだろ?」

「そりゃまあな」

旅団長室には外部からの訪問客も来る。他師団のお偉いさんや貴族の使者が来る場所で、機密性の高いミーティングはできない。

「ロズの官舎でやってくれ。この城の来賓用の別館だ、居心地はいいだろう？」

「お前が軍議を幼児に聞かせる主義とは知らなかったぞ。それに俺の妻はミルドール公の姪《めい》だ、公私の区別はつけておきたい」

非の打ち所のない正論だ。俺は根負けする。

「わかったわかった、もう俺の部屋でいい」

「よし」

ロズがニヤリと笑い、ハンナが楽しそうに眺めている。なんだこの空間。

だがロズはスッと真顔になり、窓の外をちらりと見てから話題を切り替えた。

「ハンナにも知っておいてほしいんだが、政情がどんどん不穏になっている。ミルドール家はリトレイユ家に対して敵意を募らせている」

まあそうだろうな。リトレイユ公の策謀でミルドール家の第三師団は大損害を受けた。戦場で見かけたあの大砲といい、彼女がブルージュ公国を水面下で支援したのは間違いない。

だがそのことは誰にも言えないので、俺はとぼけてみせる。

「第三師団を助けてくれたのは第五師団だろう？」

「表向きはな。だがお前も気づいているはずだ」

「……まあな」

友人に嘘《うそ》はつきたくない。俺は二杯目のコーヒーを注ぎながらつぶやく。

「先日の侵攻、ブルージュ軍の砲戦能力が高すぎる。ブルージュは山岳猟兵を巧みに操るが、砲兵や騎兵はまるっきりだったはずだ」

「そうなんだ。だが義父上《ちちうえ》にそれを伝えたら、『誰にも言うな』と」

「なるほど」

ミルドール家の方でも薄々気づいているらしい。そして疑問を抱けば彼らは隅々まで調べ上げる。それだけの力を持っているからだ。

仮に何も見つからなかったとしても、高度な隠蔽が行われている可能性は残る。

「表向きは救援に感謝しつつ、尻尾をつかもうとしている。そんなところじゃないか?」

「正解だ。やっぱりお前、参謀になるだけのことはあるよ」

ロズは苦笑し、口直しの焼き菓子をつまむ。

そして真顔に戻って俺を正面から見つめた。

「あの女は次に何をする気だ?」

ジヒトベルグ家に助力するふりをして罠《わな》に嵌《は》める気です。本人が言ってたから間違いない。

さすがにそれを口外するのは危険な気がしたので、俺は憶測として話す。

「あくまでも俺の憶測だが、同様の方法で他家を陥れていくつもりじゃないかな。リトレイユ家は貿易で稼いでいるが、序列は建国当初から第五位だ」

ロズがうなずく。

「序列と実力が釣り合ってないからな。ミルドール家なんか第三位だが、実態は最下位に近いだろう。ブルージュ家が帝国を裏切って以来、領土を削り取られて没落する一方だ」

それを聞いたハンナが目を丸くする。

「ブルージュ家⁉　帝国を裏切ったってどういうことですか⁉」

「おっと、口が滑ったな」

ロズはわざとらしく笑う。

俺はロズの肩をポンポン叩きながら、ハンナに教えてやった。

「帝国はもともと『六王家』だったんだよ。五十年ほど前に何かあったらしくて、ブルージュ家が独立したんだ。それまでは『五指』に帝室は入ってなかった」

「えええええ⁉」

ハンナが驚くのも無理はない。庶民にはなるべく知られないよう、帝室が躍起になって隠蔽しているからな。

さすがに将校が知らないのはまずいので、士官学校では教えてもらえる。

俺はぬるくなったコーヒーを飲みながら続けた。

「ブルージュ家は転生派に改宗し、ミルドール領の一部を奪って『ブルージュ公国』を名乗った。もちろんシュワイデル帝国は激怒したが、アガン王国など転生派諸国が介入したせいでブルージュ家討伐は失敗。今に至る訳だ」

帝国や周辺国の国教……特に名前はついてないが、フィニス語で『神の教え』を意味する『フィルニア』と呼ばれているのでフィルニア教とでもしておこう。

『転生派』は、そのフィルニア教の一派だ。布教の過程で北方の転生信仰を取り込んだらしく、死者の生まれ変わりを公認している。

フィルニア教発祥の地フィニスやシュワイデル帝国など南方の諸国は転生を認めておらず、死者には等しく永遠の安息が訪れるとされる。こちらは『安息派』とも呼ばれ、転生派を異端扱いしている。

そんな事情があるので、俺が転生者だと名乗ったらたぶん異端審問官がやってくる。

ロズは声を潜めて続ける。

「ミルドール家はブルージュとリトレイユの両方を敵に回しているといっていい。頼みの綱は山脈を隔てたジヒトベルグ家だが……」

あ、そこダメだよ。リトレイユ公の次のターゲットだ。

多くを語れないがいろいろ知ってしまっている俺は、首を横に振った。そしてコーヒーを見つめる。

「期待しない方がいい。このコーヒーよりも昏い時代が来る」

黒く、熱く、苦く、そして皆の眠りを醒《さ》ますような、そんな時代が。

ロズはしばらく俺の顔をまじまじと見つめていたが、やがてわざとらしい笑顔を作った。

「相変わらず格好つけやがって。ならお前には砂糖と牛乳を嫌というほど入れてもらうぞ」

こんな閑職の中尉に何ができるっていうんだ。

第35話 参謀カフェにようこそ

国内の情勢は徐々に不穏さを増してきた。

「ミルドール公がとうとう第五師団にキレた」

公弟の婿であるロズ中尉がコーヒーを飲みながら溜息《ためいき》をつく。

「おっ、これは美味《うま》いな。腕を上げたな、マスター」

「誰がマスターだ」

俺はコーヒーミルをぐるぐる回しながら眉間にしわを寄せる。

「お前の淹《い》れ方《かた》がメチャクチャなんだよ。ちゃんとムラなく焙煎《ばいせん》しろ。抽出のときは泡を落とすな」

「どうせ苦いんだから何でもいいじゃないか」

そんな考えだから上達しないんだよ。

話を元に戻そう。

「で、ミルドール公はどうしたんだ？」

「第五師団があんまり偉そうにするもんだから、『ミルドール領は第三師団だけで結構』と啖呵《たんか》を切っちまってな。それを聞いたリトレイユ公が第五師団に撤収を命じた」

メチャクチャだ。ロズのコーヒーに匹敵する。

「……なんだ、何か言いたそうだな？」

ロズがマグカップを片手に俺を見ている。変なところで鋭いな。

俺は適当にごまかした。

「それもリトレイユ公の計画のうちなのかなと思ってな」

末席のリトレイユ公に兵を借りたままでは、ミルドール公は門閥の長として面目が立たない。屈従を強いられて求心力を失うぐらいなら、手勢の第三師団で本領を守る賭けに出た。

そんなところだろう。

俺がそう説明すると、ロズは渋い顔をした。

「確かに第五師団が撤収すればミルドール家は困るが、それでリトレイユ公に何の得がある？」

「あの女は利害には敏感だ。必ず得をするように動いている」

前世にもああいうタイプの人間は結構いた。計算高く利己的で、善悪に頓着せず、理性の歯止めがきかない。

だが行動は読みやすい。判断基準は常に自身の利益にあるからだ。

俺は考えを巡らせる。

「第五師団が撤収すれば、ブルージュ公国はまた動き出す。建国以来、転生派諸国の尖兵《せんぺい》としてシュワイデル帝国の領土を奪い続けてきた国だ」

裏切り者に他の選択肢はない。

「再建中の第三師団にはブルージュ軍の侵攻を食い止める力はない。ゴドー要塞が破壊され、幹部将校も多数戦死している。優秀な若手砲兵中尉も引き抜かれた」

「ははは」

ロズが苦笑している。自分が褒められるのには弱いんだよ、こいつ。

「で、ブルージュの再侵攻でどうなる？」

「考えたくもない話だが、ミルドール領がごっそり削り取られるかもな」

「それでリトレイユ公が得をするか？」

しないよな。

だがひとつの可能性があった。

それを言うべきか迷ったが、俺は親友に打ち明ける。

「『リトレイユ家以外の五王家の没落』。それが彼女の望みだとすればどうする？」

「そりゃ……」

ロズは考え込み、それからコーヒーを一口飲んだ。

「まずいな」

「美味いんじゃなかったのか？」

俺は冗談を言いつつ、だいぶ冷めてきたコーヒーを飲んだ。

「だが確かにまずい。帝国は五王家が力を合わせることで、ようやく周辺国に対抗できている。内紛なんかする余裕はないはずだ」

リトレイユ公の「次は二番目」という言葉。

あれが「序列第二位のジヒトベルグ家を叩《たた》く」という意味なら、俺の疑念がまた一歩、確信へと近づく。

もっとも彼女の言葉を額面通りに受け取るのは危険だし、俺が勘違いをしている可能性もある。あまり深読みしすぎるのは良くない。俺は作家ではなく軍人だ。

俺は首を横に振って迷妄を振り払う。

「確実に言えるのはリトレイユ公は打算でしか兵を動かさない、ということぐらいだな」

「それならまあいいだろう。理詰めで兵を動かしているのなら軍人も同じだ」

「判断の基準となる理論が政治家と軍人では違うから、あまり楽観もできないぞ」

俺はコーヒーを飲み干すと、マグカップをロズに押しつけた。

「さあ、とっとと帰れ。俺の部屋は喫茶店じゃないぞ。あと食器は洗っておけ」

「追い出さないでくれ。この旅団司令部、既婚男性がのんびりできる部屋はここしかないんだ」

知るか。

「俺はこれでも多忙な参謀職なんだ。独りで全部やってるんだぞ」

旅団の再編計画だけでも膨大な量の仕事がある。兵の心身のケア、新兵の徴募、部隊編制、装備の調達……。本来ならそれぞれに担当者がつく仕事だ。

だがロズのヤツは笑っている。

「お前なら余裕だろう？　それに机の上の書類、あらかた終わってるように見えるぞ」

「文字通りの机上の空論に過ぎん。検証した上で段取りをまとめる作業がまだだ」

参謀というのはアイデアを出すのが仕事ではなく、アイデアを形にするのが仕事だ。元々のアイデアは上層部や上官が出す。

そしてその上官がひょっこり顔を出した。

「楽しそうだな。交ぜてもらえるか？」

「これは閣下」

　俺はロズの襟首を放り出すと、直立不動で敬礼した。

　なんで俺の部屋にまで来てるんだよ。

　俺は謹厳実直な参謀として、上官に苦言を呈する。

「いけません閣下、このような場所に。風紀が乱れます」

「ハンナを連れ込んだと聞いているが」

　ロズか。ロズなのか。

　俺がロズをじろりと見ると、椅子をゴトゴトやっているロズは肩をすくめてみせた。

　アルツァー大佐はクスクス笑っている。

「ハンナ本人から聞いたのだ。かぐわしくも熱いひとときであったとな」

「コーヒーの話ですよね？」

　俺が不安になって尋ねると、大佐は薄く笑いながらロズの用意した椅子に腰掛ける。

「冗談はさておき、部下の将校が二人そろって私室で密会というのは旅団長として無視できない問題だ。

　私の悪口で盛り上がっているのなら交ざりたい」

「どうして交ざるんですか。あと密会って表現やめてもらえます？」

　俺はもう完全に諦めて、大佐の分のコーヒーを淹れることにする。俺の私室には小さいながらも暖炉があり、お湯は沸かし放題だ。

ついでに聞いておくか。

「小官をからかうためにわざわざお越しになった訳ではないでしょう」

「無論だ。ここなら防諜上《ぼうちょうじょう》も良いかと思ってな。軍属も含めて数百人もいれば、あの女に買収された者が旅団司令部に一人二人いてもおかしくはない」

確かにスパイが紛れ込んでいる可能性は十分にある。リトレイユ公は敵国に大砲を提供するような人物だ。

アルツァー大佐は窓の外をチラリと見てから、こう切り出す。

「実家からの情報だ。リトレイユ公が帝室に接近している。それと帝室では現在、元帥号の授与式を準備中とのことだ」

五王家が五つの師団を実質的に支配している国なので、五王家のトップは軍人ではないが軍事力を支配している。この国の中央集権は建前だ。

だがあまりにも建前と実態が乖離《かいり》すると建前が倒れてしまうので、いろいろな方法でつじつまを合わせる。元帥号もそのひとつだ。

大佐は椅子に深く腰掛け、つま先を少しぷらぷらさせながら溜息をつく。

「軍歴がなく士官学校も出ていないリトレイユ公は将軍どころか少尉にもなれないが、元帥なら通常の人事を飛び越してなれる。そして元帥は帝国軍人の最高位だ」

ロズ中尉が怪訝《けげん》そうに問う。

「しかしあれは名誉称号ではありませんか？」

「そうだ。あくまでも儀礼的なものだが、勅命があれば複数の師団を束ねて動かす権限が法律で認められている」

リトレイユ公は第五師団なら動かせるが、他の師団はそれぞれの君主に忠誠を誓っている。元帥号があったところで命令なんか聞かないだろう。たとえ皇帝の命令であってもだ。

大佐は頬杖《ほおづえ》をつきながら皮肉っぽく笑う。

「無論、他家の師団がリトレイユ公に従うはずはない。下手をすれば反乱が起きかねない。だがあの女は今、こう思っている。『反乱が起きればそれを利用しましょう。どちらでも構いません』とな」

「閣下、リトレイユ公の物真似《ものまね》めちゃくちゃ上手《うま》いですね」

「嫌になるほど見てきたからな……」

お気の毒に。

俺は参謀として自分の見解を述べる。コーヒーをお出ししながらだ。

「その可能性もありますが、反乱を起こさせるだけなら他にも方法はいくらでもあります。リトレイユ公は自らが火種になるような策謀は避けるでしょう。まだ切り札を隠し持っていると思われます」

「なるほど、確かにそれはそうだ。貴官は軍事だけでなく政治にも長《た》けているな。いっそ政界にも顔を出してみるか？」

「平民将校が政治に首を突っ込んだら破滅しますよ。小官は遠慮しておきます」

帝国の政界は複雑怪奇だし物騒だ。俺はおとなしく戦争でもしている方が性に合っている。

「リトレイユ公は混乱を利用して自らを利するのが非常に巧みです。そして自ら混乱を生み出すことにも長けています。天才的といってもいい」

軍服コスプレの糸目美女を思い出しつつ、俺は冷たく言い放つ。

「ですがそういった人物は通常、『社会の敵』と呼ばれます」

「ははははは！　なかなか言うな、貴官は！」

楽しそうに笑うアルツァー大佐。リトレイユ公に気に入られてだいぶ迷惑しているそうだが、かなりお疲れのようだ。

あとロズのヤツが俺を見て呆《あき》れた顔をしている。なんでだ。

大佐は御機嫌だ。

「ある意味、リトレイユ公には感謝せねばな。貴官を送り込んでくれたのは彼女だか……ら？」

コーヒーを一口飲んだ大佐の動きが止まる。

「苦いな」

「コーヒーですから」

「砂糖も牛乳も入ってないぞ？」

不満そうに俺を見る大佐。子供か。

するとロズがさっきの表情のまま説明した。

「そいつ、何も入れない真っ黒なコーヒーが好きらしいんですよ」

大佐が珍獣を見るような目でこっちを見る。

「貴官、味覚は大丈夫か？　それとも……こう、何かの鍛錬か？」

ブラックコーヒー好きなだけで何でそこまで言われなきゃいけないんだ。

上官といえども個人の嗜好《しこう》には口出しさせないぞ。

「小官はコーヒーだけを愛しております。砂糖や牛乳はいりません」

「だからってこれは苦すぎるだろう……」

出されたものは全部平らげる主義なのか、文句を言いながらちびちびコーヒーを飲む大佐。つらそうな顔をしている。

とうとうロズが砂糖入れを出してきた。

「ユイナーよく聞け。コーヒーは砂糖と牛乳を入れて完成する飲み物だ。みんなそうやって飲んでいる」

「砂糖と牛乳が欲しければ後から入れればいいだろう。入れた後では元に戻せない」

熱力学に基づく科学的な考えだ。

頭上で言い争う俺たちをよそに大佐はブラックコーヒーをちびちび舐《な》めていたが、とうとう最後に白旗を揚げた。

「私には無理だ。せめて砂糖をくれ」

「はい閣下」

大貴族出身のアルツァー大佐なら、ブラックコーヒーの方が好きかなと思ったんだけどな……。

第36話　元帥杖の罠

「では甘いものを買ってくればいいんですね？　ですが、焼き菓子ならそこに……」

「昨日、食堂勤務の御婦人たちが焼き菓子を焼いていたはずだ。あれを少し買ってきてくれ。口の中が苦くてたまらん」

「わかりました」

クロムベルツ参謀中尉が頭を掻《か》きながら退出した後、アルツァー大佐はスッと真顔になる。さっきまで苦い苦いと子供のように言っていたのが嘘《うそ》のようだ。

「シュタイアー中尉」

「はっ」

大佐の真面目な表情と声に、ロズ・シュタイアー砲兵中尉は背筋を伸ばす。ふざけているように見えるが彼も生粋の軍人、今が「そういうとき」だというのはわかっていた。

大佐はカップの縁を指でなぞりながら問いかけてくる。

「クロムベルツ中尉が初めてコーヒーを飲んだときの様子を聞かせてくれ」

「え？　はい」

なんでそんなことを聞くのか疑問だったが、ロズは士官らしくすらすらと答える。

「初めてなのに最初から淹《い》れ方《かた》も飲み方もよく知っているようでした。もっとも、何も入れずに飲み始めたので笑ってしまいましたが」

軽く笑いを誘おうとしたロズだったが、アルツァー大佐は笑わなかった。

「なるほどな」

それから大佐は少し優しい表情をして、こう質問してくる。

「シュタイアー中尉はコーヒーがどこで栽培されているか知っているか？」

「いえ。ミルドール家が他家から仕入れているぐらいしか」

「遠い南方から航路で運ばれてくるのだ。それもずいぶん遠回りをしてな」

大佐はそう言い、目を細める。

「輸送費が莫大《ばくだい》なものになるため、コーヒーを口にできるのは富裕層だけだ。そして帝国の富裕層は砂糖でも牛乳でも好きなだけ入れられる。だから本邦では甘い飲み物として定着した」

「小官もそう聞いております」

「だろう？　何も入れずに飲む者はまずいない。だがクロムベルツ中尉は当たり前のような顔をして、何も入れずにコーヒーを飲んだ」

「それが何か？」

「コーヒー豆は帝国領から数千キラムも南に下った灼熱《しゃくねつ》の土地でのみ栽培できるそうだ。その土地では庶民もコーヒーを飲むが、砂糖も牛乳も満足には手に入らない。だから何も入れずに飲む」

その言葉にロズはハッとした。

「砂糖も牛乳も入れないのは『本場の飲み方』のひとつなのですね」

「そうだ。おかしいとは思わないか、シュタイアー中尉？」

アルツァー大佐は不思議がるような口調だったが、表情はキラキラと輝いていた。とても楽しそうだ。

「クロムベルツ中尉はいったい『いつ』『どこ』で、その飲み方を知ったのだ？　彼は貧しい平民の出で、コーヒーを飲む機会はない。彼の生まれ故郷は港から遠く離れている」

「本で読んだのでは？　あいつはとんでもなく博識です」

「帝国内にあるコーヒーの本は、いずれもシュワイデル人向けに書かれたものだ。そこには必ず砂糖と牛乳をたっぷり入れて飲むよう記してある」

ロズは返答に窮し、新しい上官を見つめる。

「では閣下はどのようにお考えなのですか？」

「わからないのだ。彼の経歴と能力はつじつまが合わない。だが彼の経歴に嘘は一切ない。能力は貴官も知る通りだ」

「凄《すご》いでしょう、あいつは」

「ああ、認める」

大佐はフッと笑い、それから頬杖《ほおづえ》をついた。

「そして彼は何も教えてくれない。私にもハンナにも。おそらく貴官にもな」

「そうですね。まあ聞く気もありませんが」

ロズは肩をすくめてみせる。

「あいつはいつでも平民将校の味方で、小官たちの期待を裏切ったことは一度もありません。勇敢で誠実で有能です。たぶんこれからもそうでしょう」

「私もそう思う」

「ならば、それで良いのではありませんか？」

「そう思いたいのだがな」

腕組みをして眉間にしわを作るアルツァー大佐。

ロズは上官の表情と仕草を観察し、彼女の悩みが軍人としてのものなのか、それとも女性としてのものなのかを慎重に見極める。

そしてこう答えた。

「あいつが言いたくなれば、そのうち勝手に話してくれるでしょう」

「そうだな。口を開かせるよりも心を開かせるとするか」

「その方が閣下の悩みも解決しそうですしね」

軽い気持ちでそう言うと、アルツァー大佐がじろりと睨《にら》んでくる。

「なるほど、貴官が『おしゃべりロズ』と呼ばれている訳だ」

「おっと、失礼しました」

敬礼してごまかす。

ちょうどそのとき、クロムベルツ参謀中尉が自室に戻ってきた。バスケットいっぱいにクッキーを抱えている。

　だがその表情は険しかった。

「閣下」

「聞こう」

　アルツァー大佐もロズ中尉も真剣な表情になる。

　クロムベルツは静かに言った。

「第二師団より通達がありました。勅命により、ジヒトベルグ公が元帥号を授与されたそうです」

「ジヒトベルグ公が!?」


　ジヒトベルグ公とその門閥は、西方のキオニス連邦との国境地帯を守っている。そしてジヒトベルグ家が擁する第二師団はキオニスの一氏族と紛争中だ。

「キオニスでは有力氏族が次々に参戦しており、推定兵力は一万を超えたとみられています」

　場所を旅団長室に移し、俺は参謀として資料を読み上げる。将校三人に加え、ハンナたち下士長三人も同席していた。

　ネットもコピー機もない時代の軍議なので、全部俺が読み上げなくてはいけない。

「第二師団の兵力はおよそ三万。未《いま》だ兵力では優勢ではありますが、敵の大半はキオニス騎兵《キオニシャラーン》です。第二師団の参謀部が苦戦は必至との結論に至り、皇帝陛下はジヒトベルグ公を元帥として第一・第三師団の一部を指揮下に加えることを命じられました」

アルツァー大佐は俺を見る。

「参謀、この裁定に関して軍事的な評価を」

「戦列歩兵や砲兵にとって熟練の騎兵は脅威です。兵力を結集するのは極めて合理的な判断かと」

本当、我が帝国にしては珍しくまともな判断をしたもんだ。

もちろん額面通りに受け取ってはいけない。アルツァー大佐が微笑《ほほえ》んでいる。

「ジヒトベルグ公の元帥就任にはリトレイユ公の強い進言があったと聞いている。あの女が帝国や他家のためにそんなことをするとは思えん」

えー……言っちゃっていいのかな。まあハンナは大丈夫だし、他の下士長二人もアルツァー大佐の元使用人だから大丈夫か。

「リトレイユ公にとって他家は引きずり落とすべき存在です。であれば、ジヒトベルグ公は政敵の罠にかかったと見るべきでしょう」

「やはりそう思うか。私も同意見だ」

アルツァー大佐はそう言い、前髪を払う。

「複数の師団を統帥できる元帥号、てっきりリトレイユ公自身が渇望しているのかと思ったが、どうやら違ったようだな。政敵を潰す罠にするとは」

そして大佐は嬉《うれ》しそうに笑う。

「貴官の読み通り、リトレイユ公はまだ切り札を隠し持っていた訳だ。まったく貴官は頼れる参謀だな」

何かありそうだとは思ってたけど、阻止できなかったんだからあんまり意味はないよ。とりあえず無言で微笑んでおく。

アルツァー大佐は立ち上がると、壁に掛かった地図を示す。

「第三師団はブルージュ公国との一戦で大損害を受け、兵力の再編中だ。本領を守る兵力にすら事欠いている。だが勅命では逆らえん。おまけにジヒトベルグ家は隣邦、共に西方を守ってきた兄弟分だ」

大佐の背だと地図の上の方に届かないので、俺が代わりに指示棒で指し示す。

「そこでミルドール公は第三師団の穴を埋めるため、リトレイユ公に再度の援軍を要請しました」

「義父上《ちちうえ》の話では、ミルドール公があんなに怒っていたのは六歳のとき以来だそうだ」

ミルドール公弟の婿であるロズ中尉が溜息《ためいき》をついている。大変だなお前も。

そう。ミルドール公は一度、リトレイユ公の第五師団を追い返している。第五師団が勝手な真似《まね》ばかりしたのが原因らしいが、追い返した相手に頭を下げれば面目丸潰れだろう。

それでも領主は本領を守らねばならない。どんなに屈辱にまみれてもだ。

アルツァー大佐は俺から指示棒をひったくると、つま先立ちになって地図を示した。

「帝国北部を守るリトレイユ公には、本領から遠く離れた南西部への出兵を拒む合理的な理由がある。だが近隣のミルドール領になら兵を派遣できるという訳だ」

指示棒届いてないよ。そこ帝室直轄領だよ。

みかねたハンナがよっこいしょとちっこい大佐を持ち上げ、リトレイユ領に届くようにしてあげる。

保育士さんに向いてそうだな。

「リトレイユ家の第五師団は現在、北部の守りを一手に引き受けている。対ブルージュ戦を受け持っていた第三師団がこの状況では、第五師団はアガン・ブルージュ両国を引き受けねばならない」

話はとても真面目だし非常に論理的なんだが、ハンナに抱っこされてる大佐が面白すぎて話が頭に入ってこない。まあ俺は理解してるから目の前の光景を面白がっておこう。

「おそらく第五師団は今後、大幅な兵力増強が認められるだろう。リトレイユ公の発言力も増すことになる。これが彼女の狙いということでいいか、参謀?」

いきなり話を振られた。えっ、なに⁉

俺は慌てて思考を切り替え、デキる参謀スタイルで答える。

「ジヒトベルグ元帥率いる第一から第三までの師団は、対キオニス戦争に敗北すると思われます」

第37話　生きて帰るために

俺がジヒトベルグ公の敗北を明言したのが、一同には衝撃的だったようだ。

「そう、敗北……えっ!?」

「おいユイナー!?」

アルツァー大佐とロズが驚くが、俺はさっき簡単に計算した結果を示す。

「帝国側の総兵力は最小で四万、最大で八万に達する見込みですが、各師団は共同作戦の経験がありません。指揮系統の複雑化は予測不可能な問題を招きます」

前世の記憶がぼやけてるんだけど、なんか職場でそういうのが問題になってた気がする。あれの再来は絶対に嫌だ。

「また、これだけの大兵力を動かすには高度な補給計画が必要となります」

国境の城塞都市ツィマーから先は補給ポイントがなく、先に進めば進むほど補給線の維持に兵力を割かねばならない。遊牧民の機動性や攻撃力を考えると、補給線の維持はほぼ不可能だ。

だが荒野には食料などを収奪……いや徴発できる農村がほとんどない。運び込んだ物資と人員だけでやりくりしなければならないのだ。

「もし作戦司令部がまともな補給計画を立てられなかった場合、我々は弾薬や水、馬の飼葉に至るまで全て持参せねばならないのです。しかも往復分を」

言うのは簡単だが、これはとんでもない手間だ。

兵士一人の一日分の水だけでも四リットルほど見ておかないといけない。飲用だけでなく調理や衛生管理にも必要だし、事故や戦闘で喪失する分があるからだ。

百人の兵士が片道五日の距離を往復するだけで四千リットルの水が必要になる。重量なんと四トン。大量の水樽《みずだる》が必要なので重量はさらに増す。

水源の乏しい乾燥地帯を進軍するのがいかに困難か、これだけでもわかるというものだ。

「敵もそんなことはわかりきっているでしょうから、乾燥地帯の奥に引っ張り込んでから戦闘を仕掛けてくるでしょう。糧秣《りょうまつ》や弾薬に火を放つだけでも我々を殺すことができますので、我が軍は一瞬たりとも警戒を怠ることができません」

それを可能にするのが騎兵の機動力と国境地帯の平坦《へいたん》な地形だ。

「敵は機動力に優れ、荒野を生活の場とするキオニス騎兵《キオニシャラーン》です。どこからでも襲撃でき、どこまでも撤退できます。土地を持たない彼らを降伏させることはできません。水をつかむようなものです」

「それゆえ、貴官はジヒトベルグ公が敗北すると見ているのだな？」

アルツァー大佐の視線は鋭い。この答えは重いぞ。

だが俺の緊張に反して、俺の口はすらすらと答えていた。

「ほぼ確実かと」

ミルドール家の権威が失墜した後、リトレイユ公は「次は二番目です。たくさん殺しましょうね」と言った。

序列第二位のジヒトベルグ家を同様に失脚させるつもりだったのだ。おそらく最初からこの方法で。

大佐はじっと考え込み、それからうなずく。

「なるほど。その場合、ジヒトベルグ公は政治生命を絶たれるだろう。リトレイユ公としては好都合というわけだ」

大佐は俺に向き直ると、重々しく命じた。

「ではそれを前提とした作戦計画を立案せよ。我が旅団が無事にここに戻ってこられるよう、私の参謀として最善を尽くせ」

「はっ」

また面倒くさい任務を受領したぞ……。

ジヒトベルグ公は『五王家』の序列第二位、つまり帝室を除けば帝国貴族の筆頭とされる。

だが内陸の山間部の領主なので海上交易の恩恵に与《あずか》れず、リトレイユ家やメディレン家よりも貧乏だ。人口も少ない。

とはいえ格式だけは最高峰なので、ジヒトベルグ公の元帥就任は貴族社会にすんなり受け入れられている。

帝室近衛《このえ》師団である第一師団からも加勢があるし、第三師団のミルドール家はジヒトベルグ家とも仲が良い。序列第一位から三位までのオールスターズだ。

だから帝国軍の内部では「これでキオニスも懲りるだろう」という見方が大半を占めていた。敗戦濃厚と判定した俺は異端だ。

もっともその俺も敗戦の可能性については旅団内部でしか発言していないので、同じことを考えている将校は案外いるかもしれない。思っていても言えない雰囲気だからな。

「なんで私たちも出陣しなくちゃいけないんですか？」

ハンナ下士長が物資の点検リスト片手に不満そうに言うので、俺も点検リストを調べながら答える。

「ゼッフェル砦《とりで》の防衛戦で存在感を示したからな。それに旅団司令部はミルドール領とジヒトベルグ領の中間地帯にある。両家の師団が出征する以上、さすがに知らん顔はできないだろう」

リトレイユ公が今回、俺たちに何をさせるつもりなのかはよくわからない。

強いて言えば、次の政略に備えて第六特務旅団に経験を積ませるつもりだろうか。いや、そんなことするかな？　彼女に人や組織を育てるという発想はなさそうだ。

アルツァー大佐から聞いた話では、リトレイユ公は先日のブルージュ軍との一戦で人事を刷新したそうだ。

子飼いの若手将校たちを功績抜群として昇進させる一方、言うことを聞かないベテラン将校たちを士官学校や戦技研究などの後方に回したらしい。

人事権をうまく使い、第五師団を意のままに操れるように改造した訳だ。

となると、俺たちは用済み……かな？

どうも嫌な予感がする。やはり大佐の指示通り、旅団の生還を目標とした計画を立案して正解だったな。

俺はハンナに伝える。

「輜重隊《しちょうたい》の馬車に積み込む食料と水樽、それに飼葉は複数人で点検してくれ。俺も確認する」

「はぁい。弾薬と砲弾は大丈夫ですか？」

「そっちは少なめでいい。いざとなれば上に要請すれば回してくれる」

弾薬の供給は割とすんなり来る。全然来ないのが衣類と食料だ。自前で確保しておくしかない。

行軍中の兵士は弾薬がなくなっても死にはしないが、食料や水や毛布がなくなると死ぬ。つまり生活必需品の方が優先順位が高い。

「どうせ他の師団は戦う気まんまんで弾薬を馬鹿みたいに持ち込むはずだ。だが騎兵相手に何時間も撃ち合うことは少ない。一撃離脱が騎兵の基本戦術だからな」

ハンナが感心したようにうなずいた。

「参謀殿は何もかもお見通しって感じですね」

「いやまあ、士官学校でいろいろ習ったから……」

本当は前世の歴史で学んだ。ナポレオンの遠征とか。

「水樽と補修用の資材は最優先だ。水は道中で適宜入れ替えて、常に新鮮で清潔なものを持っていく。これは俺が担当する」

俺の言葉にハンナが目を丸くした。

「参謀殿が水樽の管理をなさるんですか!?」

「荒野を旅するときの命綱だぞ。将校が管理しないで誰が管理するんだ」

安全な水場がなければ干からびて死ぬからな。

「そうだ、日持ちのする野菜も買おう。野菜は九割ぐらいは水だから、生食できる野菜なら水筒代わりになる。食堂のおばちゃんにお薦めを聞いてくる」

「えっと……はい」

ハンナは混乱した顔をしていた。

こうして準備を整えた俺たちは、他の師団と合流するためにジヒトベルグ領に入った。

街道筋では村人たちが手を振ってくれたりして歓迎ムードだ。

「うわすげー！　女の兵隊さんだ！」

「みんなちびっこいな、本当に戦えるのかよ？」

あんまり歓迎されてない。

だがこんな会話も聞こえる。

「馬鹿、知らねえのか。ブルージュ軍が攻めてきたときに女ばかりの旅団が砦を守ったって話だぞ」

「ほんとかよ」

本当です。

「おお、本当だとも。砦がほとんどぶっ壊れるぐらい激しい戦いだったが、ブルージュ軍をほとんどやっつけたんだとさ」

砦が壊れたのは俺のせいだが、訂正する必要もないから別にいいか。

なるほど、うちの旅団には思ったよりも話題性があるんだな。リトレイユ公は俺たちをプロパガンダ部隊として使う気なんだろうか。

そんなことを考えつつ、西へ西へと行軍を続ける。

俺は参謀だが、しょせん旅団の参謀だから今回の戦争の全容は知らない。言われた場所に行って、言われた通りに戦うだけだ。

そして俺たちは国境の城塞都市ツィマーに到着する。ここから先は不毛の荒野、キオニス連邦との緩衝地帯だ。

堅固な城壁に囲まれた丘陵の街には、すでに大兵力が集結していた。

「第二師団麾下《きか》の大隊はあらかた集まってるようですね」

「第二師団はキオニスとの戦いだけ意識していればいいからな。隣国のエオベニアは同じ安息派、一応は友邦だ」

大佐はそう言い、城壁に翻る大隊旗を眺める。

「第一師団からは近衛騎兵大隊がいくつか来ているな。あれは使えそうか？」

「騎兵戦闘のことはよくわかりません」

戦わせてみないと本当にわからない。

「第三師団は歩兵ばっかりですね」

砲兵隊が来ていればダンブル大尉とまた会えたかもしれないが、考えてみれば負け戦がほぼ確実なので来ない方がいいだろう。砲兵は撤退に時間がかかるから危ない。

大佐は気楽そうにつぶやく。

「我々は今回、ジヒトベルグ元帥の指揮下に入る。指揮系統上は元帥直下、つまり他の師団と同列だ」

「破格の待遇ですな」

百人そこらのちっぽけな戦闘集団が、えらく厚遇されたものだ。もちろん理由がある。

「どこの師団も我々を扱いかねたのでしょう。戦力としては微妙ですが、旅団長がメディレン家当主の叔母とあっては軽く扱えません。はっきり言って厄介の種です」

「ふふ、言ってくれるな。だが好都合だ」

アルツァー大佐はぎらぎらした笑みを浮かべる。

「つまり我々が戦場で何かやらかしても、上官として責を問われるのはジヒトベルグ公一人ということだろう？」

「ええまあ……」

ジヒトベルグ公はこの戦争に負けたら失脚は確実だ。俺たちが政治的な圧力を受ける可能性は低い。

「ジヒトベルグ家の没落など私も望んでいないが、食い止める力を持っていない。できないことをやろうとすれば、待っているのは身の破滅だ」

大佐はそう言うと、肩をすくめてみせた。

「一応、ジヒトベルグ公には旅団長の立場で進言する。どう進言すべきか教えてくれ」

「はい、閣下」

俺は大佐を通じて「敵主力を城塞都市ツィマーで迎え撃ち、持久戦で疲弊させた後に有利な停戦条約を結ぶ」という案を具申した。

もちろん全く相手にされなかったのは言うまでもない。

それどころか「女が戦に口出しをするな」と第六特務旅団まるごと馬鹿にされたので、俺はジヒトベルグ公を見捨てることにした。

よくも俺の戦友を馬鹿にしたな。せいぜい派手にやられてくれ。


「レラ、ずいぶん嬉しそうね？」

戦友の女子戦列歩兵が不思議そうな顔をしているので、レラ・シオンは弾んだ声で答えた。

「だって行軍中だと、クロムベルツ参謀殿とも距離が近くなるでしょ？　普段は司令部にいることが多いけど、今はああしてすぐ近くにいるし」

彼女たちの少し後方には、軍馬に乗ったクロムベルツ中尉がいた。何か考え事をしているようで、普段のような明るい笑顔ではない。

「考え込んでる参謀殿もステキ……」

うっとりしているレラに、戦友がやや呆れた様子で声をかける。

「まあ確かに格好良いとは思うんだけどさ、あんたたちみたいにぞっこんってほどにはならないかな。どこがそんなに気に入ったの？」

するとレラは一瞬、ひどく陰りのある表情をした。

「そりゃあね、参謀殿は私たちに暴力を振るわないから」

「確かに女をすぐ殴るクズ男はやたらと多いけど、そうじゃない男もたくさんいるでしょ？　うちの父ちゃんも兄ちゃんたちも、そんなことしないよ？」

レラは沈黙し、ぽつりと答える。

「いい家族なんだね」

「え？　あ、うん、まあね。悲しいぐらいにド貧乏だけど。……ところで私、なんかまずいこと言っちゃった？」

「ううん、気にしなくていいよ」

レラは笑うと、またクロムベルツの方を振り返る。

「私にとっては参謀殿が凄く新鮮だったんだ。私の父親も参謀殿みたいな人だったら良かったのに」

「あ、そういう感じ？」

「まあね。もう死んじゃったからいいんだけど」

レラはあっけらかんとした口調で答え、どこまでも蒼い空を見上げる。

「猟銃の暴発事故で死んだときには母さんが露骨にホッとしててね、本当に良かったなって」

「そいつは良かった。親孝行娘はモテるよ」

「あはは、そうかな？」

戦友に笑顔で応じながら、レラは耳の奥にこびりついた声を振り払う。

――おいやめろ！　父親に銃を向ける気か!?　や、やめてくれ！　俺が悪かっ……。

「あれ、どうしたの？」

戦友が不思議そうな顔をしているので、レラは手をヒラヒラ振った。

「いやあ、どうやって参謀殿を口説き落とそうか考えててね」

「そりゃ難題だね。恋敵だらけだし」

「そうだね。親孝行娘ってのアピールしてみようかな？」

「いいんじゃない？」

第38話 不毛の進軍

こうして俺たちは最後の補給地である城塞都市ツィマーを後にして、不毛の荒野を行軍することになった。

この時代、国境線は曖昧で帰属不明の土地も多い。人が住んでいない土地は支配できないからだ。

キオニス連邦との緩衝地帯になっている荒野には、街も畑もほとんど存在しない。

ところどころに草が生えているので遊牧民が利用するが、家畜が草を食べ尽くす前に移動してしまう。

だから本当に何にもない。整備された水場もない。

「どこまで行くんですか、参謀殿〜？」

ザッザッと規則正しく行軍しながら、うちの旅団の女の子たちがげんなりしている。

俺もげんなりしていたので、馬上で仕方なく苦笑いした。

「キオニス軍と接敵するまでだ」

キオニス連邦の遊牧氏族たちは定住していない。互いに縄張りを持っており、たまにそれで喧嘩《けんか》をする。

しかし敵の侵入に対しては共闘するよう盟約を交わしており、それが事実上の国家となっている。

こんなにやりづらい相手はなかなかいない。どこを占領すりゃいいんだ。

「一応、キオニスの交易都市ジャラクードまで行けば休めるが、その前にほぼ確実に戦いになるだろう。戦いの前に体調を崩すとまずいから、いつもと違う感じがしたらすぐ小隊長に報告しろ」

「はーい」

交易都市ジャラクードは、帝国の城塞都市ツィマーから百キロほどの距離にある。

遊牧民たちが市場を開くだけの田舎町らしいが、他に占領できそうなものがない。補給の問題があるので、とりあえずここを目指すしかない。

俺だったら前線基地を作って補給線を延伸していく方法を採用するが、これは費用と時間がかかりすぎるのが欠点だ。

「参謀殿ならどうやって戦いますか？」

ハンナに代わって第一小隊長になったローゼル下士長がフフッと問うので、俺は参謀の練習問題として少し考える。

「連中にとって土地から得られる資源は牧草や水だ。毒性のある草の種を蒔《ま》いたり、水源を汚染したりするのは効きそうだな。羊が死ねば彼らは飢え、馬が死ねば戦えなくなる」

なぜか一同が沈黙してしまった。

「参謀殿、ちょっと怖い……」

「敵の家畜かわいそう」

なんでだよ。敵が一番嫌がることをするのが戦争だろ。こういうのを考えるのが俺の仕事だぞ。

俺は拗《す》ねて腕組みする。

「そういうことをやらずに済ませたかったら、遊牧民と争わないように共存するしかないんだ。価値観も生活様式も異なる彼らと手を取り合い、利害をうまく調整する。だがそれは軍人の仕事じゃない」

シュワイデル帝国は国土回復のために戦い続けているし、異教徒と共存するつもりもない。いい加減諦めて方針転換すればいいのにと思うが、一介の参謀中尉にはどうすることもできない。

「とにかく今は無事に帰ることだけを考えていろ。俺もそのことだけを考えて作戦を立てている」

「はぁい」

ザッザッと戦列女子歩兵が征《ゆ》く。俺も共に進みながら、荒野に思いを巡らせていた。

戦争なんかなくなりゃいいのにな。

……いや。

戦争がなくなると俺が困る。

この世界で俺が生きていくには職業軍人を続けるしかない。たとえ死神と呼ばれようが、俺は軍人をやめられない。

でもできれば戦争はない方が助かる。

荒野の進軍は予想通り過酷なものとなった。

「第三師団の歩兵大隊が、すでに脱走だらけで定員割れを起こしているらしい」

「第一師団で凍死者が出ています。毛布の余剰がある部隊は供出をお願いします」

「第二師団の騎馬砲兵中隊で原因不明の腹痛が発生中。行軍を停止するとのこと」

軍隊はどこでも進軍できそうに見えるが、実際はそのへんの隊商よりもサバイバル能力が低い。銃だの大砲だのを持ち運んでいるせいだ。

衣類も戦闘用にできているから、荒野の気候がつらい。日中はカラカラに乾いて暑いし、夜間は底冷えがする。

だから遠征をすれば、それだけで兵が死んでいく。死なないまでも傷病兵はどんどん増えていくので、行軍速度はそのぶん落ちる。

そもそも行軍は一番遅い兵の速度でしか進めない。人数が増えると必ず遅くなる。

俺と大佐の会話も、兵士の体調管理の話題ばかりだ。

「うちの旅団からは死者は出ていませんが、やはり普段よりも体調が悪いです。風邪や生理痛で動けない兵がそれなりに」

「彼女たちは輜重隊《しちょうたい》の馬車か？」

「ええ。ただ揺れる馬車では治るものも治りません。隙間風も入り放題です」

幸い、うちの旅団は毛布や薬もしっかり持ってきている。輜重隊の馬車にも最初から余裕を持たせていた。そのぶん弾薬を削っているので、長丁場になるとちょっと困る。

「本隊に随伴する上で支障はあるか？」

「いえ、我が旅団は行軍速度を最優先して訓練と装備調達を行っています。問題はありません」

なんせブーツすら他師団とはモノが違う。間違いなく帝国軍で一番いいブーツを履いている。

「本隊から取り残されたら危険です。ここはすでにキオニス人たちの領域ですので、はぐれれば間違いなく……」

俺は行軍を停止して病人を休ませている砲兵中隊を横目で見る。

「キオニス騎兵《キオニシャラーン》はどこかから我々を見ている。そう思った方がいいでしょう」

キオニス連邦は抗争を繰り返す遊牧民たちの集まりだが、これまでに第二師団の侵攻をことごとく撃退している。

その最大の理由が、この何もないだだっ広い荒野だ。進軍するだけで兵を消耗させ、士気と物資を奪っていく。

「我が軍は交易都市ジャラクードを占領するために進軍中ですが、キオニス人たちも馬鹿ではありません。我々に補給をさせれば勝算がなくなることは理解しています」

軍の規模も装備も帝国軍の方が上だ。

だから敵は必ず、交易都市に入る前に攻撃してくる。

もちろんジヒトベルグ公もそんなことはわかっているから、そこを迎撃するための作戦を参謀たちに立案させている。

ただ最終的に採用されたのはジヒトベルグ公自身が立てた作戦だ。

でもあれ、本当にやるつもりか？

そのとき、本隊からの伝令が駆け込んできた。

「ジヒトベルグ元帥閣下より第六特務旅団に伝達！　一キラム前方にて戦闘陣形に移行せよとのことです！」

敵かな。

アルツァー大佐が問う。

「敵を発見したのか？」

「はっ！　哨戒中《しょうかいちゅう》の騎兵が帰還しないため騎兵隊を差し向けたところ、交易都市ジャラクードの手前に騎兵およそ七千を確認しました！」

哨戒任務の騎兵が戻らなければ、そこに敵がいると推測できる。坑道のカナリアみたいで気の毒だが、おかげでこちらは敵を捕捉した。

俺はすぐさまアルツァー大佐に進言する。

「こちらの騎兵を始末した時点で、敵はこちらが気づくことを想定して動いているはずです」

「道理だな。第六特務旅団は命令を受領した。ただちに戦闘態勢を整える」

「ははっ！」

伝令が去っていくのを見送って、アルツァー大佐はマントを翻した。

「我が旅団は砲兵戦力として最前線付近に配置される！　総員早足！」

第六特務旅団は指定された地点へ急行し、馬車で引っ張ってきた野戦砲五門を展開した。

大砲の護衛は女子戦列歩兵六十人だ。本当は二個小隊百人いるんだが、旅団司令部の警備やら体調不良やらで人数が減っている。軍隊の常だ。

今回、第六特務旅団は命令通りに動くだけなので旅団参謀の俺はすることがない。暇だから望遠鏡で味方の陣形を確認する。

日本古来の兵法で言うところの「雁行陣《がんこうじん》」の一種だな。戦列歩兵の横隊が幾重にも重なりつつ、右前にズレて布陣している。

戦列歩兵に守られるようにして、その後方に砲兵大隊がやはり斜めに配置される。俺たちは最右翼。

一番前でもあった。

軍馬を駆るアルツァー大佐が愉快そうに笑う。

「煙たがられたか、それとも信用されていないか」

「両方でしょう。ジヒトベルグ公の『必勝の秘策』を一笑に付したのが、新米砲兵だらけの弱小旅団とあっては」

「笑ったのは貴官だろ」

「閣下も笑ってたじゃないですか」

旅団長と参謀で見苦しく責任を押しつけ合っている間にも、配下の戦列歩兵と砲兵は素早く展開していく。第六特務旅団は動きの速さがウリだ。

大佐は子供みたいな顔をして笑う。

「だってあれ、古典的な斜線陣だぞ？　歩兵が槍《やり》で戦っていた頃から存在する陣形だ。それを……」

「笑っちゃ悪いですよ閣下、車輪を再発明しただけなんですから」

「いや、そうだった。笑い事ではないな」

アルツァー大佐はスッと真顔になる。

「確かに弓騎兵に対しては右向きの斜線陣は有効とされる。理由は忘れたが」

「一般的に弓騎兵は右側に射撃するのが苦手なので、敵に左側を向けて走るんです。こちらの左翼を掠《かす》めていきますので、左側に厚い弾幕を張れる右斜線陣を敷きます」

弓騎兵なんてキオニス連邦にしかいないから、アガン王国と戦っていた元第五師団の俺には無縁の陣形だ。教本でしか見たことがない。

だがジヒトベルグ家はキオニス連邦と戦い続けてきたので、この陣形はよく知っているだろう。

正直、第二師団の将兵は恥ずかしさで主君を直視できなかったはずだ。

——これがわしが考え出した必勝の秘策、『ジヒトベルグの火竜陣』だ。

壁に張り出された布陣図を見て、その場にいる将校全員が微妙な顔をした。もっと正確に言えば、噴き出しかけた。

クロムベルツ、アウト。

アルツァーもアウト。

他数名がアウト。

いやあ、貴重な体験をしたな。

第二師団の上級将校からは物凄《ものすご》い顔で睨《にら》まれたし、下級将校たちは目線で「もうやだこんな師団……」と訴えていた。

第一師団の近衛《このえ》大佐や第三師団の騎兵少佐も半笑いだったので怒らないでほしい。

俺は溜息《ためいき》をつく。

「百年前の兵法書にも載っている陣形を誇らしげに披露したということは、ジヒトベルグ公の軍才がどの程度か容易に想像できます。勝てませんよ」

「戦う前から勝てない勝てないと言うな。士気に響くだろう」

「これは失礼しました」

そりゃそうだ。まあでも参謀としては士気に響くようなことも言う。

「一応、陣形そのものは理に適《かな》っています。敵を斜線陣に沿って走らせ、終端で殲滅《せんめつ》する考えは悪くありません」

斜線陣の終端となる左翼は歩兵も砲兵も分厚くなっており、騎兵の突撃にも対応できる。回り込まれるのを阻止するために方陣もしっかり配置されていた。方陣はどの方向でも攻撃できる陣形だ。

「そうそう都合よく左側に来てくれるか？　敵が右側から後背に回り込んできたらどうする？」

「あの図にはありませんでしたが、遊撃用の騎兵をぶつけて敵の動きを封じます。その間に歩兵を再配置し、右側面を前面とした新しい斜線陣を張ります」

ジヒトベルグ公もバカではないので、敵に回り込まれることも警戒はしている。もっとも、そんなに器用に陣形変更できたら苦労はしない。

この世界、歩兵の練度は大したことがない。短期間の訓練でもそこそこ戦えるのが戦列歩兵のメリットなので、訓練よりも徴募に重点が置かれているのだ。

「とはいえ、そうならないように砲撃で敵を左側に追い込むのが我々の仕事です」

「まるで猟犬だな」

「御不満ですか？」

するとアルツァー大佐はフフッと笑い、それから凄絶な微笑《ほほえ》みをギラつかせた。

「ではあの老耄《おいぼれ》の耳にも聞こえるよう、せいぜい吠《ほ》え立ててやろう」

「怖いです」

戦争の申し子だよアンタ。

第39話　ジャラクード会戦（前編）

ジヒトベルグ公を元帥とするシュワイデル帝国軍、およそ五万。

……のうちの三万が布陣する。残り二万は行軍についてこられず、現在こちらに向かっている途中のはずだ。

対するはキオニス連邦の氏族連合軍、およそ七千。全て騎兵だ。

「まずいですよこれは」

俺はもう早く帰りたい一心で、アルツァー大佐に進言する。

「騎兵の機動力と突進力は尋常ではありませんが、キオニス騎兵《キオニシャラーン》は特に危険です。七千もいたらどう戦っても無事では済みません」

「私はキオニス騎兵のことはよく知らないが、それでも四倍以上の兵力だぞ？　しかもこちらには銃と大砲がある」

アルツァー大佐がそう言うので、俺は首を横に振った。

「騎兵相手では四倍でも心許《こころもと》ないのです。勝てたとしても大損害を受け、今後の作戦行動は全て変更を余儀なくされるでしょう」

遠征軍である我々は継戦性を重視せざるを得ない。損害を受けた分だけ軍は小さくなり、作戦行動力を失う。

「後続を待ってから五万で挑みかかれば良かったのですが、それができませんでした。相手は騎兵なので、こちらの位置を捕捉された時点で主導権は相手側に移ります」

いつどこで襲いかかるかはキオニス軍が決められる。いつ戦いをやめるのかもキオニス軍の自由だ。騎兵の機動力に歩兵や砲兵はついていけない。

「では貴官は後退して合流すべきだったと思うか？」

「それも難しいでしょう。後続と合流するために後退しても、途中で襲われます。行軍隊形では三万だろうが五万だろうが勝てませんし」

ジヒトベルグ公と彼の幕僚たちは敵戦力を侮りすぎた。

「各氏族の戦士はせいぜい数十人、多くても百人を超えることは希です。従って第二師団参謀部は最大千騎程度の襲撃を想定し、その襲撃を何回撃退できるかを計算しました」

馬は人間の約十倍の食料を必要とするので、七千騎の騎兵は七万人の歩兵と同じぐらい食料を消費する。軍馬というヤツはそれに見合う巨体を持ち、戦うための訓練を積んだ生物なのだ。

「軍馬は怖いですよ。閣下の愛馬だって戦闘になれば敵兵を踏み潰しますし」

「戦闘訓練もしてるからな。倒れた敵に飛び乗って全体重で潰す馬術もある」

「それを自分の手足のように操る連中が七千騎です」

「厄介だな」

だがジヒトベルグ公も馬鹿ではない。正確に言えば彼の幕僚たちは馬鹿ではない。

「こちらも軍馬は用意しています。第一師団の近衛《このえ》騎兵たちがいますし、第二師団にもキオニス産の名馬を集めた騎兵隊があります」

アルツァー大佐がちらりと後方を振り返る。

「どこにだ？」

「敵に見つからないよう、右翼後方に控え……」

俺は振り向く。

……いないな。後方の砲兵陣地のどこかにいるのかな？

俺は望遠鏡で探してみるが、見当たらない。

「いませんね」

おいおい、待て待て。いやいや。

軍隊に入って信じられないような光景は何度も見たけど、これはさすがに初めてだよ。

いるべきところに部隊がいないぞ。

しかもかなり重要な部隊が。

「敵が右に回り込んできたときにぶつける騎兵が二千ほどいるはずなんですが」

「見当たらないな」

そのとき俺は、さっきの伝令の言葉を思い出す。

『哨戒中《しょうかいちゅう》の騎兵が帰還しないため騎兵隊を差し向けたところ、交易都市ジャラクードの手前に騎兵およそ七千を確認しました！』

「もしかして騎兵二千まるごとジャラクードに派遣したまま、戻ってきていないのかもしれません」

「だが必要な兵力なのだろう？」

「ええ、とても」

ジヒトベルグ公は実戦経験がない。彼の兵法は教本と演習図の中だけのものだ。机上より広い世界を知らない。

「まさかとは思うのですが、『七千の敵騎兵相手に二千では意味がない』と判断して、ジャラクード攻略に差し向けた、なんてことは……」

アルツァー大佐が苦笑いする。

「さすがにそれはないだろう。市内にどれぐらい敵がいるのかもわからないのに、虎の子の騎兵を……」

しばしの沈黙。

俺の首筋を『死神の大鎌』がゾワリと撫《な》でたのは、まさにその直後だった。

「アルツァー閣下」

「なんだクロムベルツ中尉」

「ここから先は小官にも旅団の指揮権をお認めください」

大佐は静かに言う。

「それがよさそうだ。ただ今をもって貴官を旅団長代理とし、一時的に指揮権を認める」

「ありがとうございます」

『死神の大鎌』が反応したということは、今何とかしないと死ぬということだ。確証はないが俺はそう解釈している。

「馬車を右側面に配置して壁にしましょう。騎兵の突進を阻むには最適です」

「方陣にはしないのか？」

「方陣にすると死角がなくなる代わりに火力が落ちます。そもそも六十人ではまともな方陣が組めません」

一辺に十五人しか割けないから火力はお察しだ。踏み潰されて終わりだ。

「それと野戦砲も初弾発射後に向きを変えます」

「わかった、全部任せる」

俺はすぐに砲兵中隊に指示を出す。

砲兵中隊長代理を務めるハンナ下士長は鼻息が荒い。

「わかりました、訓練の成果をお見せします！」

「頼むぞ、旅団の生還がかかっている」

「はいっ！」

ハンナはきびきびと指示を下す。

「騎兵に対しては予測射撃が大事ですよ！　砲手自身が望遠鏡で馬首を確認してください！　相手の鼻先に砲撃を『置く』んです！」

ロズ中尉の指導が行き届いているな。あいつは今回留守番だけど。

砲弾と騎兵の速度から計算して着弾地点を決めるのが理想なのだが、測距儀《そっきょぎ》も計算機もない時代にそれを求めるのは酷だ。だから職人芸的な砲術が必要になる。

準備をしているうちに、地平線の向こうに何かが現れた。

望遠鏡で確認する。

「騎兵の集団のようです。軍旗を掲げていません」

「味方ではないな。ハンナ、準備しろ」

アルツァー大佐が望遠鏡を覗《のぞ》きながら告げ、ハンナは敬礼してから砲兵たちに命じる。

「一番砲から三番砲、砲撃用意！　目標、敵前列中央から右三つ！　下二つ！」

「一番砲、準備よし！」

「二番砲、準備できました！」

「三番砲、準備完了！」

乾いた荒れ地の砂塵《さじん》を巻き上げ、騎兵がこちらに向かってきている。望遠鏡で確認すると、弓を手にした軽装の弓騎兵たちだ。距離があるのでまだ全力疾走していない。

撃つなら今だ。

アルツァー大佐が命じる。

「敵を我が軍の左翼に誘導しろ」

「はいっ！　一番砲から順に砲撃開始！」

ハンナが命じると一番砲が火を噴く。着弾と同時に二番砲。そして三番砲。

砲撃はいずれも騎兵たちの手前に着弾した。当たっていない。移動する目標に大砲を当てるのは至難の業だ。

敵騎兵の動きは変わらない。まっすぐこちらに向かってきている。

ハンナが叫ぶ。

「照準を修正！　敵前列中央から右三つ、下一つ！　四番砲から五番砲、発射！」

四番砲の砲弾が騎兵の隊列に飛び込んだ。被害は出たはずだが砂煙でわからない。

まずいな、敵は明らかにこちらの右翼を狙っている。後方に回り込む気だ。

そりゃそうだよな、騎兵相手にこんな配置をしたら簡単に回り込まれる。

大佐がつぶやく。

「案の定、机上の空論というヤツか」

「騎兵の護衛なしで斜線陣を組むなら、砲兵はもっと後方に固めておくべきでしたね。この戦いは帝国の失敗事例として教本に載りますよ」

すると大佐が笑う。

「では帰って報告するために、何としても生き残らなくてはな。こんな愚行を二度と繰り返してはならない」

「仰《おっしゃ》る通りです」

徐々に右側に回り込んでくる敵騎兵の集団を眺めつつ、大佐は俺に問う。

「それで、我々はどう生き残るつもりだ？」

「例によってリトレイユ公顔負けの汚い手を使います」

「味方に損害を押しつける訳か」

「はい」

既に俺の指示で麾下《きか》の野戦砲は次の行動を開始している。敵騎兵が迂回《うかい》を始めたので、こちらからはもう射角が取れない。

一門は後方警戒用に移動させ、残り四門は荷駄用の馬につないで撤収準備中だ。

「我々の砲兵陣地は馬車で右側面と後方に壁を作っています。騎兵突撃も通りません。敵も目標は後方の本陣でしょうし、こんな砲兵陣地の相手をする気はないでしょう」

馬車で防壁を作ったときから、俺の『死神の大鎌』は反応しなくなった。つまり俺に差し迫った命の危険はない。

「敵は優先度の高い目標、そして撃破可能な目標に攻撃を仕掛けます。我々はどちらでもありません」

「そううまくいくかな？」

大佐がフッと笑うので、俺は微笑《ほほえ》み返した。

「もちろん、やってみなければわかりません。戦死の御準備はよろしいですか？」

「いつでもできている。貴族とはそういうものだ」

この人の心臓は何でできてるんだろうな……。

第40話 ジャラクード会戦（後編）

第一歩兵小隊長のローゼル下士長が叫ぶ。

「来ます！」

そしてついに、キオニス騎兵《キオニシャラーン》の集団が我々の真横を突破した。馬蹄《ばてい》の轟《とどろ》きが乾いた地面を揺るがす。

「おっと」

ヒュンヒュンと矢が飛んできた。キオニス騎兵たちは弓を右手で握り、矢を放っている。反対側の手でも射撃ができるのか。敵も弱点への対策はしていたということだ。

ただやはり矢勢はだいぶ弱い気がする。恐れていたほどではない。

不運続きの戦場だが、唯一の幸運は俺たちが風上だったことだ。

矢の勢いはさらに落ちるし、敵は砂塵《さじん》や砲煙をまともに浴びる形になる。もっとも、そのせいで敵の姿がよく見えない。

大佐が叫ぶ。

「第一小隊、後方を警戒しろ！　第二小隊、砲の撤収を手伝え！」

敵騎兵はすれ違いざまに、こちらの砲兵陣地に矢を浴びせてきた。だが幌馬車《ほろばしゃ》でがっちり囲い込んである砲兵陣地を見て「こいつらの相手は面倒臭いな」と思ったらしい。そのまま騎兵が流れていく。

俺たちの陣地はそれで良かったが、後方の砲兵陣地は悲惨だった。

敵騎兵は砲兵陣地の合間を縫うようにして駆け抜け、何かを投げつけていく。

なんだろうと思っていると、あちこちで爆発が起きた。

ハンナが怪力で野戦砲を引っ張りながら首を傾《かし》げる。

「あれ何でしょうか？」

「擲弾《てきだん》だ。旧時代の遺物だよ」

導火線のついた旧式の手投げ爆弾だ。シュワイデル軍では既にほとんど使われなくなっている。戦列歩兵の時代に、あんなものが届く距離まで近づけない。

だが騎兵が運用するなら話は別だ。

威力は決して高くないし信頼性も低いが、爆弾をばらまかれるのは砲兵にとっては悪夢だ。大砲用の弾薬は量が多いから誘爆すると悲惨なことになる。

おかげで砲兵陣地はどこも大混乱だ。転がっている擲弾の導火線を切ったり、火薬樽《だる》を退避させたりしている。砲撃どころではない。

一方、第六特務旅団の陣地は無傷だ。馬車で囲っておいて正解だったな。このまますらかろう。

だが一部の騎兵が反転して襲いかかってくる。さすがにそうそう甘くないか。

すかさずハンナが叫んだ。

「撃て！」

後方警戒用に残していた野戦砲が火を噴いた。放たれたのは大粒の散弾だ。

突進してきた騎兵たちが数騎吹き飛び、さらに馬車に潜んでいた狙撃兵たちが残りの騎兵を撃つ。

思わぬ反撃を受け、生き残りのキオニス騎兵たちは異国語で何か叫び、慌てて反転して去っていった。

それを聞いていたキオニス出身のサテュラ騎兵隊長がつぶやく。

「『目的を忘れるな』って叫んでましたね」

「なるほど」

「どこの氏族かはわかりませんが、汚い訛《なま》りです」

「そうか」

メチャクチャ怖い顔で笑わないでくれ。氏族を滅ぼされた恨みがあるのはわかるが、他氏族に対する憎悪と侮蔑が凄《すご》い。

既に戦闘は後方に移っている。あの調子だと本陣が襲撃されているな。

大佐がサーベルを納めながらつぶやく。

「この状態で聞くのも野暮だが、参謀の意見を聞きたい」

「完全な負け戦です。我々にできることは何もありません。戦場を離脱しましょう」

「まあそうなるな。元帥閣下を見捨てることになるが」

周囲の砲兵隊は消火活動中で、歩兵隊は本陣への救援のために移動を開始している。

その一方、作戦予定が破綻したにもかかわらず、本陣からの伝令は来ない。大混乱だ。

だが俺は構わずに言った。

「今から大砲を引っ張って駆けつけて、うちの旅団でどうにかできると思いますか？」

「では査問会があればそう弁明することにしよう」

既に大砲は五門とも輓馬《ばんば》につないであるし、馬車も準備できている。往路で兵糧と水を消費しているので、馬車にはかなりの余裕があった。

往路は貨物トラックとして。そして復路は兵員輸送車として。これも計算のうちだ。

全軍に深刻な混乱が生じている中、大佐は毅然《きぜん》とした態度で命じる。

「第六特務旅団総員に告ぐ！　これより戦場を離脱する！　負傷者は馬車に収容しろ！　点呼を忘れるな！」

俺は自分の軍馬があるので、戦場離脱は最後でいい。落ち着いて撤収の状況を確認する。

……と、なんだかもたついてるグループがいるな。何かトラブルか？

駆けつけてみると、数名の戦列歩兵が倒れた戦友を介抱しているところだ。

「どうした？」

「この子、お腹《なか》に矢が刺さっちゃって……」

それを見た瞬間、俺は平静を保つための努力を必要とした。

女の子の腹に矢が刺さっている。おそらく内臓に達する深さだ。

この女性兵士には見覚えがあった。確か俺のことをいつもちらちら見ていたレラという子だ。なんだか怪しかったが、リトレイユ公のスパイにしては迂闊《うかつ》すぎるので特に警戒はしていなかった。

彼女は驚いた様子だったが、健気《けなげ》に笑ってみせる。

「ひゃっ、参謀殿!?　だっ、だだ、大丈夫です！　こんな矢、抜いちゃえば……」

「抜くな！」

俺はその手を押さえると、近くの地面に刺さっている矢を見せた。

「見ろ、鏃《やじり》に返しがついている。抜けば傷口をグチャグチャに引き裂くことになるぞ。おいみんな、このまま馬車に乗せてやれ！」

この鏃、前世の博物館で見たものによく似ている。引き抜くときに主要な血管を切ってしまうと終わりだ。この世界には輸血の技術がない。

「三人がかりで安静にして運べ！　他の負傷者も……」

叫んだとき、不意に『死神の大鎌』が反応した。とっさに身を翻すと、矢が足下に突き刺さる。間一髪だ。

振り返るとキオニス騎兵が数騎、こちらに突進してきていた。遊撃の連中らしい。撤退中の俺たちをめざとく見つけて蹂躙《じゅうりん》しに来たか。

連中は曲刀を抜いて突撃態勢だ。狙いは救助中の戦列歩兵たちか。

接触まであと数秒。人間の走力では逃げ切れない。

「ちいっ！」

俺はとっさに腰のライフル式短銃を抜いた。撃てるのはたった一発だが、それでも部下を見殺しにはできない。

「俺が相手だ！」

乾いた銃声と共に騎兵が落馬した。当たったらしい。

だが銃声を聞いた瞬間、残りの敵が俺に殺到してきた。そりゃそうだ、どうせ殺すなら将校だよな。「俺が相手だ」って言っちゃったし。

戦列歩兵の女の子たちが叫ぶ。

「参謀殿！」

「俺に構うな！　行け！」

覚悟を決め、俺は腰のサーベルを抜いた。両手用の柄《つか》をつけた特注品だ。両手で上段に構える。

騎兵に対して刀剣は無力だ。おまけに俺の剣術は低段者レベル、戦場で命のやり取りができる水準じゃない。

だが撤収作業で大半の兵が戦えない今、負傷兵を救助しているみんなを守れるのは俺だけだ。

「かかってこい！」

騎兵の白刃が、騎馬の蹄鉄《ていてつ》が、俺を殺すために殺到してくる。

だが『死神の大鎌』はまだ何も言わない。俺が死ぬのは「今」じゃない。

俺は集中し、目の前の敵のことだけを考える。

俺がまだ死を経験していなかった頃、剣の師……要するに剣道部の顧問が、こう教えてくれた。

――命を捨てる気で打ち込まなければ、勝てないときがある。

相手の打ち込みを防ごう、体力を温存しよう、綺麗《きれい》に一本取ろう。そんな雑念が剣を鈍らせる。

だが自分より強い相手に、鈍った剣で勝てるはずもない。

ならば命を捨てる気で打ち掛かれ。結果など気にするな。たとえ敗れるとしても、相手に恐怖を教えてやれ。

最後の一太刀でお前の全てを表現するんだ。

そう教わった。

サラリーマン時代の通勤電車の記憶すら薄れかけている俺なのに、なんでこんな中学校の記憶がまだ残ってるんだろうな。笑ってしまう。

おっと、笑ってる場合じゃないな。

その瞬間、『死神の大鎌』が首筋を撫《な》でた。

「今だ！」

迫り来る死の中に、俺は踏み込む。ここが命を捨てるときだ。

足を左に捌《さば》きつつ、限界まで体を深く沈める。サーベルは振り下ろすのではなく、押し込むように打つ。そして衝撃に備えた。

「ぎゃああああっ！」

悲鳴は俺のじゃない。俺はまだ生きている。

敵の刃は俺の制帽を吹き飛ばしていった。身を沈めていなければ首を斬られていたな。

振り返ると騎兵が一人、落馬していた。右腕がない。右腕は曲刀を握ったまま、近くの地面に転がっていた。致命傷だ。

俺は上段に構えて横殴りの一撃を誘い、相手の腕を斬ったのだ。それも自分の腕力ではなく、騎馬の突進力を使って。物凄い衝撃だったのでサーベルを持っていかれるかと思った。

『死神の大鎌』が正確なタイミングを教えてくれなければ、あそこに転がってるのは俺の方だったな。

「ひっ、ひいいいっ！」

キオニス騎兵がのたうち、乾いた砂に血が染み込む。

他の騎兵たちは反転すると、今度は騎馬の間隔を詰めて再びこちらに向かってきた。

まずい、今度は蹄鉄で蹂躙する気だ。さすがに軍馬を斬るのも避けるのも無理だ。

だがそのとき、銃声が轟いて騎兵が落馬した。さらに銃声が重なり、騎兵たちは次々に馬から転げ落ちていく。

生き残りの騎兵たちは一瞬動揺するが、サッと馬首を転じて逃げだした。

「参謀殿！」

馬車の幌の隙間から、ライラたち狙撃手が顔を覗《のぞ》かせていた。

「御無事ですか!?」

「ああ、助かった」

俺はホッと安堵《あんど》しつつ、急いで自分の軍馬にまたがる。持つべきものは戦友だな。

後方ではまだ激しい戦いが続いていた。キオニス騎兵たちが本陣を襲っているようだ。ジヒトベルグ公の紋章旗、それに第二師団の軍旗が見えなくなっている。

右往左往していた味方の戦列歩兵があちこちで方陣を組み始めたが、早く逃げた方がいい。

やがて傷だらけの伝令騎兵が駆け込んでくる。

「ジヒトベルグ公が御討死なさいました！」

やばいぞ、敵のトップと交渉できる政治家が死んだ。

伝令はさらに凶報を続ける。

「第二師団は師団長以下、幹部将校の大半が行方不明です！　戦を指揮できる者がおりません！」

もう戦争どころじゃない。完全な負け戦だ。

アルツァー大佐は伝令に尋ねる。

「我が軍の騎兵はどこにいる？」

「ジヒトベルグ公の命で交易都市ジャラクード攻略に出撃して以降、連絡が途絶しています」

「うちの参謀の言う通りか」

道理でいないと思った。

大佐が俺を振り返ったので、参謀として推測を述べる。

「おおかた、敵の後方を遮断するつもりで騎兵を送り込んだのでしょう」

「それで返り討ちに遭ったのか」

「ジャラクード市街は複雑に入り組んでいるそうですので、そこで待ち伏せに遭った可能性はあります。市街戦では騎兵は本領を発揮できません」

「ではジャラクードに相当数の敵がいると考えざるを得ないな」

アルツァー大佐は迷うことなく伝令に告げる。

「ここで踏み止《とど》まって戦うのは危険だ。旅団長の判断により、第六特務旅団はいったん退いて態勢を立て直す！　他の師団にもそう伝えよ！」

「ははっ！」

えらいことになったぞ……。

第41話　死神と負傷兵

交易都市ジャラクード近郊の平原で行われた会戦は、わずか七千のキオニス騎兵《キオニシャラーン》に三万のシュワイデル軍が惨敗し、総大将のジヒトベルグ公が戦死するという歴史的敗北を喫した。

こういう歴史的敗北は、できれば俺のいないところでやってほしい。だからあんな陣形はやめとけって言ったんだ。言ってないけど。

俺たち第六特務旅団は馬車を伴い、東へゴトゴトと退却していく。

途中、遺棄されたどこかの師団の馬車を接収し、予備の輓馬《ばんば》に曳《ひ》かせることにした。

積荷にも期待したのだが、あいにくとロープと丸太ぐらいしか残っていなかった。うちの旅団は食料と水は十分持ってきたが、そのぶん弾薬が心許《こころもと》ない。

困ったなと思っていると、偵察に出していたサテュラたち騎兵が戻ってきた。

「キオニス騎兵たちはジャラクードに帰還したようです。その際、戦場に放置された大砲や弾薬を鹵獲《ろかく》していきました。でも彼らに使えるんでしょうか？」

俺は悩むことなく答える。

「キオニス人が弓と剣だけで戦うとは思わない方がいい。こちらにできることは向こうもしてくる。実際、彼らは擲弾《てきだん》を使いこなした。銃や大砲も使うだろう」

するとアルツァー大佐が軍馬を寄せてきた。

「火薬を好まないキオニス騎兵が擲弾を使うとはな。あの女の仕業か？」

「おそらくは」

リトレイユ公はブルージュ公国に攻城砲を貸した人物だ。キオニス連邦王国に擲弾を横流しするぐらいやりかねない。

とにかく偵察騎兵たちの報告を聞こう。

「他には？」

「帝国軍は師団ごとに退却を開始したようです。徒歩なのでいずれも我が旅団より遅れているようですが」

そうだろうな。たぶん逃げ足の遅い部隊からやられていくはずだ。

悪いがスケープゴートは多い方がいい。

大佐も同じことを考えていたようで、俺に質問してくる。

「後続の友軍は我々に追いつけると思うか？」

「無理でしょう。あの混乱の中で大半の部隊は馬車を遺棄したはずです。全ての荷物を自分で背負い、負傷者の速度で行軍しなければなりません」

重い荷物を背負った兵士や負傷者は速く歩けない。頻繁に休息が必要になる。

一方、うちの旅団はみんな軽装だ。なんせ銃も弾薬も背嚢《はいのう》も全部馬車に運ばせている。おかげで足取りは軽い。奇襲を受けたときが怖いが、それよりも行軍速度の方が大事だ。

さらに負傷者や体調不良者は馬車に乗せている。

元気な者も交代で馬車に乗り、短時間ではあるがブーツを脱いで休憩できた。

本当は全員を馬車に乗せて機械化歩兵っぽく運用したかったのだが、屈強な輓馬にも休憩は必要だから自動車みたいにはいかない。

俺は騎兵たちの報告から、おおまかな状況を推測する。

「まず騎兵戦力はジャラクード市街でほぼ壊滅したと見ていいでしょう。大砲もほとんど遺棄していますので、うちの旅団の野戦砲五門がもしかすると唯一の大砲かもしれません」

自分で言ってて気が滅入《めい》ってくる。

「歩兵についても相当な被害が出たはずですが、こちらはまだそれなりに戦える兵力が残っているでしょう。ただ、弾薬や食料の不足が深刻なはずです」

アルツァー大佐は静かに問う。

「その状態で彼らは生きて帰れるのか？」

「難しい、としか言いようがありません。この荒野を水も毛布も持たずに旅をするのです。出会う人間は全て敵ですし」

ここから帝国領の城塞都市ツィマーまで徒歩だと三日ほどかかる。負傷兵を連れ、敵襲を警戒しながらだと四日はかかると思った方がいい。

飲まず食わずの強行軍では命の危険があった。

「敵の捕虜になるのが一番いいでしょうが、キオニス人が異教徒の将兵を捕虜にしてくれるかどうか……」

するとキオニス人のサテュラが首を横に振る。

「彼らは勇者と認めた者、それも改宗を受け入れる者しか助命しません。それ以外の異教の戦士は冥府に送って神の救済に委ねるのが慈悲とされています」

冗談じゃないよ。もし神がいるとしても、たぶんそいつ異世界に転生とかさせる神だぞ。信用できるか。

俺たちはしばらく無言のまま馬を進める。そして大佐がつぶやく。

「どうやら脇目も振らずに逃げ帰るしかなさそうだ」

「同感です」

大佐の言葉に俺たちは深くうなずいたのだった。

×××

会戦の翌日も、東に向かってひたすら行軍する。敵の追撃に怯《おび》えるが、今のところ敵影はない。もし追撃を受けているとしたら後方の友軍だろう。

しばらくするとぽつぽつと味方の死体を見るようになった。往路で行き倒れになった兵士たちだ。埋葬していく余裕がなかったのか、銃と背嚢だけ回収されている。

既に腐敗が始まっており、何かの獣に食い荒らされた死体もあった。

「気の毒に」

ハンナがつぶやく。俺もうなずいた。

そういや俺も前世で死んだはずだが、どんな死に方をしてどんな風に弔われたんだろう。少なくともこの無名兵士たちよりはマシだったはずだ。

それにしても味方と全然合流しないな。本隊から置き去りにされた部隊が二万ほどいたはずだが、どこに消えたんだ？　敵にやられたのか、それともさっさと逃げたのか。

困ったな、うちの旅団だけだと戦えないぞ……。

無残な死体を見るのに疲れた俺は、車列中央の馬車に馬を進める。ここは積荷が空っぽになっており、空きスペースは負傷兵専用になっていた。

今のところ戦死者はいない。負傷兵が四名。肩や腕に矢を受けた子が多いが、一人だけ腹に矢を受けた子がいる。

軍馬に乗った俺を見て、看護役の兵士が無言で敬礼した。眠っている子が多かったからだ。

「どうだ、具合は？」

馬上から問いかけると、臨時の看護兵は声を潜めて答える。

「みんな今のところは落ちついています。ただ……」

視線の先には、横たわっている女性兵士がいた。退却時に俺が守った子だ。

刺さった矢はキオニス出身のサテュラが慎重に抜いてくれたが、やはりそのときに傷が悪化したらしい。

とはいえ、不衛生な鏃《やじり》が刺さったままでは破傷風になる。出血も怖いが感染症も怖い。

「傷口を縫った針と糸は俺の指示通り、火酒《かしゅ》で洗ったな？」

「はい。でも縫った傷口から血が止まらないんです。サテュラさんが言うには毒矢ではなかったそうですが、たぶん臓物が傷ついているから早く医者に診せた方がいいと」

「ジヒトベルグ公の侍医たちが生きてりゃ良かったんだが……」

なんせ軍医なんてものがまだない時代なので、従軍している医者はジヒトベルグ公の侍医たちだけだ。彼らは本陣に詰めていたので、全員が消息不明になっている。

「あの、参謀殿は医術にもお詳しいんですよね？」

「ああ……まあ、士官学校で少しな。だが外科的な処置は無理だ」

本当は前世の知識だが、どっちにしても素人なので大したことはわからない。とにかく衛生を保つよう、具体的な手順を指示するぐらいが限界だ。

俺は軍馬を他の騎兵に預けると、馬車に乗り込んだ。

「だいぶ出血してるな。傷口の布はいつ取り替えた？」

「小休止の後です」

負傷してから一度も出血が止まっていない。かなり出血しているんじゃないだろうか。危険な状態だ。

「もどかしいな……」

かなりの深手だが、前世の医療水準ならたぶん治せる傷だ。輸血で命をつなぎ、血管を縫合し、抗生剤で守る。それができる世界だった。

前世の自分がどれだけ恵まれていたのか、改めて噛《か》みしめる。

ここには何もない。清潔な脱脂綿も、消毒薬も、鎮痛剤もない。

「うぅ……」

彼女が目を開けた。ぼんやりとしているが、俺を認めた瞬間に目に力が戻る。

「さ、参謀殿……」

「無理して喋《しゃべ》るな。体力を温存するんだ」

小さな声でそう話しかけると、彼女は微笑《ほほえ》む。

「体力だけは……自信、ありますから……ちょっ、どこ触ってるんですか……」

「手首だ」

「またまたぁ……参謀殿はモテますから……この女たらしぃ……」

まずいな、せん妄が始まってる。

手首に触れてすぐにわかったが、体温が低い。顔色も悪く、呼吸と脈が浅くて弱い。

医療の知識はないが、敵味方の負傷者を大勢見てきた俺にはわかる。

彼女の体は生きる力を失い、命を手放そうとしている。失血だけじゃない。おそらく腸《はらわた》が傷つき、そのせいで感染症も起こしている。もう助からない。

「参謀殿……」

「ここにいるぞ」

「私、やっぱ……死ぬ、んですかね……」

彼女の唇が震えている。

俺は一瞬言葉に詰まるが、すぐに笑ってみせる。

「おいおい、こんな傷で死ぬヤツがあるか」

卑怯《ひきょう》な嘘《うそ》をついてしまった。

「帰還すれば大佐が良い医者を連れてきてくれるだろう。それまでの辛抱だ」

「じゃ、じゃあ……それまでは、参謀殿に……あ、甘えても、いい、ですか……？」

「調子に乗るな。とはいえ、戦友の頼みは断れないな」

俺は彼女を正視していられなくなり、制帽を目深に被《かぶ》る。

「養生していろ。また来る」

俺が立ち上がったとき、外で誰かが叫ぶ。

「参謀殿、どちらにおられますか!?　大佐殿がお呼びです！」

俺は立ち上がり、馬車から軍馬に飛び乗る。

「すぐ行く！」

何が起きたんだ。

第42話　キオニス退却戦（前編）

俺が馬車から降りると、戦列歩兵の子たちが馬車の荷台から銃を取り出しているところだった。

「ほら急いで！　紙薬莢《かみやっきょう》も忘れるな！」

「こっち一挺《ちょう》足りません！」

「そこに予備がある！　持ってって！」

敵が近くにいるらしい。

慌てて大佐のところまで馬を走らせる。

「閣下！」

「来たか、中尉」

大佐の周囲には鼓笛隊と数名の護衛しかいない。下士長たちは戦闘準備の真っ最中だ。

「先ほど、偵察騎兵から報告があった。後方からキオニス騎兵《キオニシャラーン》の集団が接近しているそうだ。こちらの轍《わだち》を追っているらしい」

草原には馬車の轍がくっきりと残っている。大佐は悩んでいる様子で言う。

「二台ほど囮《おとり》にして進路を変えようかと思ったのだが」

「難しいでしょう。本隊の轍は隠せませんし、草原では馬車を隠すことができません。追跡側が圧倒的に有利です」

逃げ隠れできない草原だから、こちらも潔く諦めて馬車の車列を作っている。今さら隠れるのは無理だ。

「では迎撃するしかないか」

「はい。敵の規模はどれぐらいですか」

「追撃を受けたので確認する余裕がなかったそうだが、百騎ほどに見えたそうだ」

「まずいですね」

こちらの戦力は戦列歩兵が約六十人と野戦砲が五門。

あとは偵察騎兵とラッパ手、そして輜重兵《しちょうへい》だ。いずれも戦力にはならない。

大佐は険しい表情で言う。

「こんな平原では教本通り方陣を組むしかないが、せめて馬車をうまく活用したい」

「いえ、方陣はやめておきましょう」

「どういうことだ？」

大佐が意外そうに俺を見た。

「騎兵相手なら方陣だろう？　まさか横隊で迎え撃つのか？」

「そのまさかです」

「横隊を組めば敵は必ず側面から突っ込んでくるぞ。そうなったら壊滅だ」

時間がないので俺は手短に伝える。

「六十人の方陣では一辺に十五人の射手しか配置できません。敵が都合良く斜めから突っ込んできたとしても、二辺分の三十人しか射撃を行えません。百騎前後の騎兵を相手するには全くの火力不足です」

方陣はどの方向に対しても攻撃可能な隊形だが、火力が低下してしまうのが難点だ。数で負けているときに使うと騎兵の突撃を止めることができず、蹂躙《じゅうりん》されてしまう。

「では回り込まれないようにする方法があるのだな？」

「はい。閣下が仰《おっしゃ》ったように馬車を使います。とはいえ、単に並べただけでは意味がありません。一工夫します」

キオニス騎兵は近隣では最強の騎兵だ。教本通りの対応では勝てない。

そして何よりも厄介なのが、擲弾《てきだん》の存在だ。

幌馬車《ほろばしゃ》を防壁にする場合、あれを油袋と一緒に投げ込まれると幌馬車が燃えかねない。大砲なんか危なくて使えなくなるし、戦闘に勝てても物資の欠乏で詰む。

敵が擲弾を携行しているかどうかは不明だ。持っていない可能性に賭けるという手もあるが、それでは参謀がいる意味がない。

おっと、キオニス出身のサテュラに確認しておこう。

「サテュラ下士補、キオニス騎兵は戦士と認めた者にしか慈悲を示さないんだよな？」

「はい。敵と交渉して戦士と認めさせる気ですか？」

「冗談だろ？」

せっかくなので、その可能性についても参謀らしく考えてみよう。

キオニス人の流儀に則《のっと》って、どうにかこうにか俺たちを戦士と認めさせたとする。たぶん決闘とか試練とか大胆な交渉とかする。

『おお、そなたは異教徒なれど真の戦士だ。そなたに敬意を払い、追撃はせぬ。またいつか戦場でまみえようぞ』

とかなんとか言われたとしてだ。

その言葉を信じて退却できるか、という問題がある。相手は敵だ。

軍事行動中に私情ひとつで態度を変えるような連中は、どうせまた私情で態度を変える。信用できない。

敵の気分次第で生殺与奪が決まるようなプランに旅団全員の命を賭けさせる訳にはいかない。

「騎士道精神で戦えるのなら光栄だが、俺は騎士じゃなくて参謀だからな。そこでキオニス騎兵の性格をもう少し詳しく教えてくれ」

するとサテュラは困ったような顔をして、頬に手を当てながら一息に言う。

「誇り高くて勇敢ですが、それは傲慢と粗暴の裏返し。異教徒や女子供はおろか、戦士以外の全てを見下しています。仲間内でも見栄《みえ》を張りたがります」

「要するにシュワイデル人の男と大して変わらない訳か」

「まあそうです」

重い溜息《ためいき》が聞こえてきた。苦労したんだな。

だが、おかげで方針は決まった。俺は大佐に向き直る。

「閣下、小官が交渉の使者になります」

「今のを聞いて、よく交渉する気になったな？」

大佐が呆《あき》れたように言うが、俺は首を横に振る。

「交渉の使者になりますが、交渉をするとは言ってませんよ」

「また何か企《たくら》んでいるな」

大佐は困ったように頭を掻《か》き、それから諦めたように笑う。

「いいだろう、好きにやってみろ。ただし勝手に死ぬな」

「無茶を仰る」

俺は苦笑して制帽を被《かぶ》り直す。死神などと呼ばれていても、人の生き死にだけはどうにもならない。

「詳細は陣地構築と並行して御説明します。まずは馬車を配置しましょう」

絶対に負けられない戦いが、また始まった。

×　×　×

俺は軍馬にまたがり、白い旗を掲げて進み出る。

『聞こえるか、キオニスの勇敢な戦士たちよ！』

サテュラに翻訳してもらったキオニス語の文章を読み上げ、彼らの出方をうかがう。幸い、『死神の大鎌』は反応していない。

弓矢やマスケット銃が届かないギリギリの距離に、キオニス騎兵の集団が展開している。横に広がり、突撃横隊を組む直前だ。幅はちょうど俺たちの陣地と同じぐらい。数は七十……いや八十騎ぐらいか？

俺の横にはもう一騎、丸腰のサテュラ下士補が控えている。通訳兼アドバイザーだ。

敵からの反応はないので、このまま続けます。

『我々はもう祖国に帰る！　争いは無意味だ！　兵を退《ひ》け！』

やっぱり反応がない。

サテュラがぼそりと言う。

「当然ですが、相手にされていませんね」

「そりゃそうだろうな」

熟練の弓騎兵である彼らから見れば、俺の手綱捌《たづなさば》きは素人同然。おまけにシュワイデル軍人は弓が使えない。これでは戦士として認めるどころか、話を聞く価値すらないだろう。

だが彼らも馬鹿ではない。俺が将校であることは軍服で見抜いている。俺を殺せば手柄になり、シュワイデル兵を動揺させられることもわかっている。

彼らの表情は見えないが、明らかに馬鹿にされている感じだ。この空気、士官学校時代を思い出すな。

まあいいや、もう少し続けよう。

『言っておくが、我々には強力な兵器がある！　伏兵もいるぞ！』

その瞬間、彼らがどっと笑った。

「笑ってますね」

「当たり前だ。伏兵がいるなんて教える敵将がいる訳ないからな」

どうやらこれで話は終わりのようだ。

敵のリーダー格っぽいのが何か叫ぶと、彼らは一斉に弓を構えた。

まずい、『死神の大鎌』が反応してる。

「参謀殿、来ます」

「見りゃわかる。逃げるぞ、サテュラ下士補」

俺がそう言ったときには、サテュラの軍馬は十メートル以上離れていた。さすがに速い。

「はあっ！」

俺は白旗を投げ捨てて馬首を転じたが、軍馬が駆け出した直後に風切り音が聞こえてきた。幸い、もう『死神の大鎌』は反応していない。弓の射程外に出たか。

と思っていたら、結構勢いのある矢が地面にプスプス突き刺さっている。当たったら痛そうだな。

そのとき、味方陣地から砲声が聞こえてきた。野戦砲の曲射による支援砲撃だ。

「撃てーっ！」

ハンナの元気な声が聞こえてくる。なんて頼もしい。

砲弾は俺たちの頭上を飛び越え、敵陣めがけて降り注ぐ。たった五門では牽制《けんせい》程度だが、敵の出足をくじくには十分だった。キオニス人は砲撃に慣れていない。

今のうちだ。

「参謀殿！」

サテュラが振り返りながら叫ぶが、俺は叫び返す。

「前だけ見ろ！　俺に構うな！」

こっちも頑張って馬を走らせているんだが、なんせ乗馬の技術が違いすぎる。トップスピードに到達するまでが遅い。

その間も砲声が轟《とどろ》き、俺の背後に着弾している。当たっているかどうかはわからないが、もともと時間稼ぎの砲撃だ。

背後からは蹄《ひづめ》の音。騎兵突撃が始まったか。そりゃそうだろう。敵の将校が丸腰同然で目の前にいるんだ。ヤツらが逃がすはずがない。

さすがにこのままだとヤバいので、俺は味方陣地に叫ぶ。

「支援砲撃はもういいぞ！　次のフェーズを始めてくれ！」

「だったら射線を塞ぐな、さっさとどけ！」

今度は大佐の声だ。わかってるけど馬が言うこと聞かないんですよ。

かろうじて進路を斜めに取ると、ハンナの叫ぶ声が聞こえてきた。

「水平射撃、開始！」

砲声が草原を震わせた。

第43話　キオニス退却戦（後編）

大砲は「戦場の女神」と呼ばれる。それは前世も今世も変わらない。

そして俺は今、それをしみじみと感じていた。

野戦砲から放たれた砲弾は騎兵の隊列に一直線に突き刺さる。

放たれたのは散弾。一粒一粒がピンポン球ぐらいある、超大型の散弾だ。

勇猛なキオニス騎兵《キオニシャラーン》といえども女神の一撃には勝てない。馬がつんのめり、騎兵がのけぞり、次々に草原に散らばる。

五門の野戦砲が敵の隊列をえぐり取ったが、まだ敵の大半が健在だ。

一方こちらは六十人の戦列歩兵が守る、ちっぽけな砲兵陣地に過ぎない。敵の半数が突っ込むだけでも大損害を受けるだろう。このままでは止めきれない。

砲兵隊を指揮するハンナが命じる。

「次弾装填！」

敵は欠けた隊列を埋め、突撃横隊を組んで速度を上げてきた。もう少しで全力疾走だ。

「撃て！」

再び散弾が敵の隊列を襲う。敵は横隊を重ねて分厚い陣形を作っていたが、散弾は容赦なく後列まで貫通する。

「各小隊、斉射！」

戦列歩兵たちも撃ち始めた。マズルファイアと共に大量の白煙がたなびき、騎兵がまた何騎かひっくり返る。もう二十騎ぐらいやっつけたんじゃないか。

だがこちらの攻撃はここまでだ。もう弾を込め直す時間はない。

俺は白煙の中に突っ込み、どうにかこうにか帰還を果たす。

「遅いぞ中尉！」

「戻りました！」

俺は下馬しながら敬礼し、すぐさま続ける。

「閣下も急いで！」

「わかっている！」

すぐに騎兵が砲兵陣地に到達する。彼らの侵入を防ぐことはできない。

「終わりか」

大佐がぼそりと言ったので、俺はうなずいた。

「終わりです」

キオニスの勇者たちは勝利を確信していた。

敵の大将は交渉を申し出てきたが、あろうことか矢を浴びて一目散に逃げ出したのだ。おおかた配下の兵士たちも怯《おび》えきっているだろう。

もともとこれは勝ち戦だ。ジャラクード会戦ではシュワイデル人の浅知恵を打ち破り、ジヒトベルグ公の首級を挙げた。

残るは敗残の雑兵ばかり。掃討戦は拍子抜けするほど簡単だった。

もちろん今回もあっけなく終わるだろう。

「ハーッ！」

逞《たくま》しくも頼もしい愛馬を駆り、自慢の曲刀を抜き放つ。銃も大砲も恐れはしない。人馬一体の突撃に敵《かな》うものなど、地上には存在しないのだから。

これぞまさにキオニシャラーンの本懐。

眼前の敵陣地は白煙に覆われている。シュワイデル人どもは愚かにも、自らの武器で視界を遮ってしまった。あれでは狙いも定められまい。

火薬など使うからこうなるのだ。戦は古来より肉と鉄で行うものと決まっている。

多少の犠牲を厭《いと》わず、キオニス騎兵たちは野戦砲の群れを突破した。大砲や火薬樽《だる》など、邪魔なものが多い。速度を緩め、手綱《たづな》捌《さば》きで軽やかにかわす。

白煙の中に突入し、軍馬の蹄《ひづめ》で歩兵たちを踏み潰す……予定だった。

おかしい。雑兵どもがいない。

さっきまで整列し、ただただ踏み潰されるのを待っていた敵兵がどこにも見当たらない。逃げたのだろうか。

不審に思いつつも、そのまま馬で駆け抜ける。敵陣で立ち止まるのは危険だ。左右には敵の馬車があり、挟撃を受ける危険性があった。ここは前進あるのみだ。

だが白煙の中を駆けていると、前方で悲鳴と衝突音が聞こえてきた。騎馬ごと何かにぶつかった音だ。

危険を察知したものの、騎兵たちは止まらなかった。止まれば後続の騎兵と激突してしまう。後続の騎兵たちも白煙で視界を塞がれている。

「ハァッ！」

うっすらと見える何かを避け、軍馬をジャンプさせる。

一瞬、丸太で作った障害物が見えた。倒れた軍馬と仲間も見える。

浅はかな小細工だ。すぐに仲間を助けてやろう。そう思いながら着地する。

そして虚空に投げ出された。

「うわぁああっ!?」

網に絡まった愛馬が見えたが、確認する前に地面に叩《たた》きつけられて半身に激痛が走った。

障害物は丸太だけではなかった。網も用意されていたのだ。

両者の間隔は狭く、二つ目の網を飛び越えるには助走距離が足りない。つまり騎兵には絶対に越えることができない。

もちろんキオニスの戦士はそれぐらいでは怯《ひる》まない。激痛をこらえ、曲刀を拾って立ち上がる。

だがそのとき、キオニス騎兵は自分が戦っているのが何者なのか気づいた。

「おっ……女!?」

前方に並ぶ戦列歩兵は全員、シュワイデルの若い娘たちだった。あまりのことに棒立ちになって叫ぶ。

「俺たちは女と戦をしていたのか!?　誇りある戦いにふざ……」

「あのバカを黙らせろ」

シュワイデル語の声と共に銃声が轟《とどろ》き、キオニス騎兵の意識はそこで途切れた。


「よし、黙らせたな。さあ撃ちまくれ！」

護身用の短銃を手にした大佐が叫んでいる。

俺もサーベルを構え、白兵戦に備えていた。

目の前では目を覆いたくなるような大惨事が起きていた。人間の方ならまだいいが、軍馬の方の大惨事だ。

丸太を組み合わせた「拒馬《きょば》」と呼ばれるバリケード。戦国物の映画などでおなじみのアレだ。味方が身を隠すためのものではなく、敵の騎兵を止めるためにできている。これは先日拾った丸太で作っておいた。

もっとも、これぐらいならキオニス騎兵は割と飛び越える。砲煙で視界を封じたとはいえ、煙はアテにならない。

そこでジャンプした先にネットも張り巡らせておいた。

このネットも拾い物のロープで編んだものだ。うちの旅団の兵士は海辺のメディレン領出身なので、漁網を編める子が何人もいる。

こうして「騎兵には越えられないが、銃弾は普通に通すバリケード」が完成した。

それらに脚を取られ、あるいは正面から激突し、軍馬がどんどんひっくり返っていく。その軍馬につまずいてまた軍馬が転倒する。

人が死ぬのには慣れてしまったが、馬が死ぬのはちょっと胸が痛む。

もちろん騎手も無事では済まない。落馬すれば練達の騎手も重傷を負う。

時速数十キロで地面に叩きつけられ、変な角度に首が折れ曲がっている者。

腕や脚を骨折したらしく、転がって呻《うめ》いている者。

そして受け身を取って機敏に立ち上がり、曲刀で突撃してくる者。

それを六十人の戦列歩兵が迎え撃つ。

敵騎兵が砲兵陣地に突入してくる前に俺たちは後退し、バリケード後方三十メートルの地点で再集結。横隊を組んで待ち構えていたのだ。

「撃て！」

騎馬を失った騎兵はただの歩兵だ。

旧式マスケット銃が敵を薙《な》ぎ払い、ライフル騎兵銃が生き残りを的確に葬り去る。

それでも飛び込んでくるヤツは俺が斬り捨てる。

キオニス騎兵の曲刀は騎兵サーベルと同じタイプの武器だが、こちらのサーベルは両手剣仕様だ。破壊力が違う。上段から防御を叩き潰すようにして斬り伏せる。

なんせ今世の俺は身長が高い。

「悪く思うなよ」

さっきはよくも笑いやがったな。別にいいけど。

俺の左右を固める戦列歩兵の女の子たちは、着剣したマスケット銃を構えて必死の形相だ。

「こ、怖い！」

「大丈夫、参謀殿は剣の達人だから！」

達人ではない。

「そうだよね！　私たちは参謀殿のお手伝いだけしていればいいよね！」

もうそれでいいや。

キオニス騎兵……元騎兵たちは落馬によって矢を失っており、弓を構える者はほぼいない。いたら最優先で射殺するよう命令してある。

敵のほとんどは曲刀が得物だ。だが着剣したマスケット銃は短槍《たんそう》と同じであり、リーチの差で圧倒的に有利だ。おまけにマスケット銃からは弾が飛ぶ。

大佐が叫ぶ。

「騎兵隊、敵後方に回り込んで状況確認！」

敵を一騎も逃がさないため、野戦砲付近にもネットを用意している。

今頃は馬車の下に隠れていた砲兵たちが、ネットで出口を塞いでいるはずだ。念のため、騎兵に状況を確認させる。

一方、生き残った敵は次々に下馬していた。軍馬や仲間の死骸に隠れて弓で応戦する気のようだ。

撃ち合いになるとこちらは遮蔽物がないので不利だ。

すかさず大佐が命じる。

「総員突撃！　制圧せよ！」

一気に突撃し、マスケット銃の銃剣で決着をつける。

散発的に矢が放たれる中、俺もサーベルを構えて走った。

「きゃあっ！」

「うぐっ!?」

悲鳴と共に誰かが倒れる。生きててくれ。

ネットを乗り越え、続いて丸太の拒馬も奪取した。敵の騎兵一人に対して、数人がかりの銃剣刺突で突き殺す。もちろん銃も撃つ。

「必ず一発撃ち込み、三人以上で同時に刺突しろ！」

この戦法は一度しか使えない。だから手の内を知られた以上、ここにいる敵は全員殺す。

乱戦に突入したとき、後方でラッパの音が聞こえた。

その号令に呼応して、新たなネットが騎兵たちに降り注ぐ。馬車の中に隠れていた輜重兵《しちょうへい》たちが投網を投げたのだ。

キオニスは川の少ない内陸の乾燥地帯だし、騎兵たちは投網漁をしない。初めて遭遇する投網に搦《から》め捕られ、どうしていいかわからないようだ。おまけに彼らの弓も曲刀も、網の中では使いづらい。

一方、こちらは網の上から銃剣で突き刺すだけだ。戦局は一気に俺たちに有利になった。

「痛っ!?」

「撃つから下がって!」

キオニス騎兵たちの死に物狂いの抵抗に、こちらも損害が出ている。暴れる軍馬もいて危険な状況だ。

だが三人がかりで突きかかり、至近距離で発砲できる戦列歩兵側は強い。

だが俺はちょっと困っていた。斬撃はまあまあ得意なのだが、刺突は苦手だ。かといって斬りつけると投網が邪魔になるし、下手をすると敵を自由にしてしまいかねない。

着剣した銃を持ってくりゃよかった。

そのとき、またラッパが鳴る。歩兵隊の後退を命じるラッパだ。

「おいみんな、下がれ!　下がって!　外に出ろ!　野戦砲側に再集結だ!」

俺が叫び、戦列歩兵たちは馬車と網で仕切られた「騎兵の檻《おり》」から脱出した。

直後、砲声が聞こえてくる。

「撃て!」

乱戦に乗じて、砲兵隊がいったん放棄した野戦砲を回収したのだ。ぐるりと回頭し、「騎兵の檻」にいる敵を撃つ。

網で身動きを封じられた騎兵たちに、至近距離から砲弾が襲いかかる。

戦闘と呼ぶには一方的すぎる展開になった。

五発の砲弾で騎兵の大半が死んだ。数十発の散弾で端から端まで撃ち抜いたんだから無理もない。生き残りには馬車の間から銃弾をお見舞いする。

激闘は次第に静かになり、やがて動く敵がいなくなった。

歩兵小隊長たちが命じる。

「生き残りがいないか、銃剣で確認しなさい。動いたらすぐ撃って」

マスケット銃を構えた歩兵たちが死骸の山に恐る恐る接近し、血と臓物まみれの中に踏み込む。

怖《お》じ気《け》づいて立ちすくむ子もいたが、大半の兵士は無言で検死を続けた。ときおりバスン、バスンと銃声が轟く。

やがて小隊長たちが大佐に報告した。

「敵の全滅を確認しました。第一小隊、負傷三名。うち一名が重傷です」

「第二小隊は負傷四名、死亡一名です。輜重隊も重傷一名とのこと」

とうとう戦死者が出た。重傷者たちも危険だ。

敵の曲刀で腹を斬られたらしい兵士が、戦友の肩を借りて毛布の上に寝かされていた。臓物がはみ出している。ブーツの中まで血でいっぱいになっており、濡《ぬ》れた足音が聞こえていた。

その隣には腕を押さえている輜重隊の子がいたが、肘から先がなくなっている。そこらじゅう血まみれだった。痙攣《けいれん》しており、意識がもうほとんどないようだ。

二人とも致命傷だ。助けようがない。

その近くには喉に矢が刺さった子が寝かされていた。涙ぐむ戦友が矢を抜いてやっても、新たな血が噴き出す様子もない。心臓が止まっているのだ。

口と鼻が血まみれになっていたが、それを戦友たちがハンカチで優しく拭ってやる。

銃剣突撃をすれば死人が出るのは当たり前だが、やはり胸が痛む。

だが感傷に浸る前に、俺にはやるべきことがある。

「負傷者の手当を急げ！　どんなに小さな傷口も火酒《かしゅ》でよく洗え！　傷口を縛る布は清潔なものだけを使うんだ！　深い傷は火酒に浸した針と糸で縫合しろ！」

やがて偵察騎兵たちが戻ってきて、逃げた敵がいないことを報告した。続いて、重傷者二名が死亡したことが報告される。

大佐が静かにうなずき、一同に告げる。

「諸君、我々は今日を生き延びることができた。我々の命を明日へ繋《つな》いでくれた戦友たちに黙祷《もくとう》を」

俺たちは白い布を掛けられた三人の戦死者に黙祷した。

第44話 葬送の死神

どうにかこうにかキオニス騎兵《キオニシャラーン》の追撃隊を全滅させたが、こちらも死傷者が出た。それに敵の死体をそのままにはしておけない。

だがその前にやることがある。俺は彼らの荷物をごそごそ漁《あさ》り始めた。

士官学校で繰り返し教わったのは、敵の遺留品には価値があるということだ。装備の状態ひとつ取っても、そこから敵の兵站《へいたん》を推測することができる。

どの武器も傷んでいるなら整備や交換ができていないということだし、食料や弾が少なければ補給に問題を抱えている。

「心情的にも衛生的にも嫌だな……」

死体漁りをしない訳にもいかないが、こいつらはうちの旅団の子を三人も殺した。こんなところで彼女たちを死なせたくなかった。キオニス騎兵への憎しみと恨みは消せない。

キオニス騎兵たちは正規の軍人ではなく、氏族の戦士だ。それだけに持ち物は雑多で、キオニス軍の情報につながるものは乏しい。わかるのはこの氏族の情報ぐらいだ。

せめて地図とか氏族間の書簡とかあればいいんだが。

そう思って何人目かの死体を探ると、荷物の底から折りたたんだ紙片が出てきた。当たりかな。

開いてみると、全く予想外のものだった。

「ん？」

小さな子供が描いたと思われる、消し炭で描いた稚拙な絵。

馬に乗ったヒゲ面の男が笑っている。

もう一人、子供らしい小さな人間が一緒に馬に乗っていた。こちらも笑っていた。

「お前……」

死体を見下ろす。ヒゲ面の男だった。確か激しく抵抗して、銃剣だけでは仕留めきれなかった戦士だ。

仕方ないので撃ち殺した。

俺は紙片を元通りに折りたたみ、それを荷物の底に戻してやった。

「馬鹿野郎が」

なんで追撃なんかしてきたんだよ。

いや、それもこれもシュワイデル軍がキオニス領に侵攻したから起きたことだ。キオニス人が襲ってくるのは当たり前だろう。彼らにとっては自衛の戦争だ。

どちらかといえば悪者は俺たちの方なので、気が滅入《めい》ってくる。

その後も死体を調べるたびに故人の人柄を偲《しの》ばせるようなものを発見し、俺は心を殺して検分を続けた。

早く旅団司令部に帰りたい。エアコンもネットもないクソみたいな部屋だが、今は自室がたまらなく恋しい。

溜息《ためいき》をついていると、アルツァー大佐がやってきた。

「御苦労だったな。収穫はあったか？」

「めぼしいものは何もありませんでした。ただ、氏族名はわかりました。サテュラ下士補によると『ペルゲンクシューン』、キオニス語で『冬の荒野に吹く乾いた風』の氏族だそうです」

幸か不幸か、彼らはサテュラの氏族を滅ぼした相手ではなかった。

「所持品の意匠などから、彼らは国境地帯から遠く離れたキオニス南西部の氏族だと推測されるそうです」

「では大規模な動員がかかっていると見るべきだな」

「御明察です。それと心配していた擲弾《てきだん》ですが、この氏族は持っていなかったようです。見つかりませんでした」

擲弾がないとわかっていれば、もう少し楽な方法で戦うこともできた。何もかもリトレイユ公のせいだ。

するとと大佐は俺の顔を見て、何かに気づいたようだ。

「疲れているのか？」

「敵の死体を調べていたら、子供の描いた絵や拙い刺繍《ししゅう》飾りなどを発見しまして」

それを聞いた大佐はなぜか、ほっと安心した様子を見せる。

「そうか。いや、それは私も気が滅入る。ただ……」

「何ですか？」

「やはり貴官にもそういう心があるのだなと」

そりゃそうだよ。俺は二十一世紀の日本で暮らしてた、平凡な民間人だよ。

俺はめいっぱい傷ついた顔をしてみせる。

「小官とて人の心ぐらい持ち合わせています」

「そうだな。うん、そうだろう。いや悪かった。貴官は優しい男だ」

なんでそんなに俺の背中を叩《たた》くんですか。メチャクチャ安心してるっぽいのが逆に傷つく。

それから彼女はしみじみと呟《つぶや》いた。

「……貴官が優しい男で良かった」

なんでそんなにしみじみ言われてるんだろう。

だがこうして大佐といつも通りの会話をしていると、ひび割れた人間性が少し修復された気がする。

大佐はびっくりするぐらい優しい表情で俺に言った。

「さて、我々は敵の死体を隠蔽しなければならない。戦闘の痕跡を隠すためではあるが、そのついでに敵の冥福を祈ってやっても軍規違反にはならないだろう」

「そうですね」

上官が優しい人で良かった。

小隊長たちが兵士に命令している。

「敵の死体に帆布《はんぷ》を被《かぶ》せて！　早く！」

「軍馬もやるんですか？」

「当然でしょう。帆布で覆ったら杭《くい》を打って止めなさい！　強風でめくれないよう、念入りにね！」

本当は敵も埋葬してやりたいが、俺たちは敗走中の寡兵だ。乾いた地面を掘り返す時間も体力もない。

浅く掘っても獣が掘り返すから、それならもう帆布で覆ってしまう。これならあっという間だ。

幸いというかなんというか、俺たちが持ち込んだ帆布は荒野の地面と同じ色だ。偽装にも使えるよう、わざわざ染めたものを購入している。

大きな帆布はテントやシートとしても使えるし、担架などの材料にもなる。行軍の必需品だ。

騎兵たちの死体を一カ所に集め、遺品が混ざらないように一人ずつ帆布で覆う。宝石や金貨を持っている敵も多かったが、略奪は禁じた。

軍馬の死骸は重くて動かせないので、その場で帆布を被せる。

仕上げに杭を打って四隅を留めて完成だ。

「これ、やっぱり目立たないか？」

「とはいえ、時間をかけるのは危険です。新手と遭遇しても戦う余力はありません」

時間が惜しい。ここに留《とど》まる分だけ敵と遭遇する確率が高まる。仮に敵と遭遇しなくても、兵の体力と物資は確実に消耗されていく。

味方の死体は帆布でくるみ、馬車で運ぶ。ここに残すと敵に情報を渡すことになる。せめて少しでも故郷に近い場所まで連れて帰ってやろう。

そのまま日没まで行軍して距離を稼ぎ、いくつか丘を越えたところで野営となった。

大きなテントをいくつか設営し、戦い疲れた女の子たちはゴワゴワの毛布にくるまって休む。

各隊から少しずつ不寝番を募り、残りは全員泥のように眠っている。不寝番は明日、馬車でゆっくり寝てもらう。

だが俺はどうにも寝付けず、木箱に腰掛けてぼんやりしていた。

敵に発見されるとまずいので、灯火の類は一切無しだ。星明かりだけが頼りだったが、慣れると案外悪くない。

荒野を吹き抜ける冷たい夜風に耳を澄ましていると、すぐ近くで足音が聞こえた。

サーベルの柄《つか》に手を置きつつ、静かに問う。

「誰だ？」

「耳がいいな、クロムベルツ中尉」

アルツァー大佐の声だった。

俺は警戒を解き、暗闇の中で敬礼する。

「これは閣下。まだ起きていらしたんですか？」

「それはこちらの台詞《せりふ》だ。寝付けないのか？」

「ええ」

大佐は俺の隣によっこらしょと座る。つま先が地面に届いていないな。

「今日の作戦は感心したぞ。見事な対騎兵戦術だった」

「ありがとうございます。教本通り『騎兵の動きを封じるべし』を実行しただけですよ」

しかし大佐は首を横に振る。

「私には方陣で迎え撃つぐらいの作戦しか思いつかなかった。馬車を気休め程度の盾にしてな。だがもしそれで戦っていれば、あの場所に埋まっているのは我々の方だったはずだ」

それはたぶん間違いない。敵はかなりの規模だったし、士気も練度も高かった。

大佐は俺の顔をじっと見て、それから問う。

「貴官が考えた馬車の配置は、敵騎兵を誘い込んで殺すためのものだな？」

「はい。騎兵との戦いは、いかにして機動力と衝突力を封じるかにかかっています。閉所に誘導して両方を封じてしまえば脅威度は格段に低下します」

「簡単に言うが、よく成功させたものだ」

大佐が半分呆《あき》れたように言うので、俺は頭を掻《か》いた。

「ええ。こちらの陣地を慎重に観察されると意図を見抜かれる危険性がありました」

「だから参謀自ら、あんな危険な茶番をしたのか」

茶番とか言わないでほしい。

「敵はジャラクード会戦でジヒトベルグ公のいる本陣を強襲しました。狙えるときは敵将の首を取りに行くのが彼らのやり方です」

これは騎兵の基本戦術のひとつだが、衝突力よりも機動力を重視する戦い方だ。

「この旅団の男は小官だけです。キオニス人の価値観なら小官を総大将だと認識するでしょう。案の定、小官のケツを追いかけて突進してきました」

「自分を餌にする参謀など聞いたことがないぞ」

俺もない。

すると大佐はフッと笑った。

「どうやら貴官は意地でも自分を危険に曝《さら》さないと気が済まないらしいな。部下ばかり危険に曝すのはフェアではないと思っているのか？」

「別にそんなつもりはありませんが……」

だが言われてみれば、それは俺なりの罪滅ぼしなのかもしれない。思えば小隊長時代も常に先陣を斬って飛び込んでいた。

もしかして俺、部下が死ぬことに耐えられないタイプなのか？

いやいや。平気だよそんなもん。今までだって大勢死なせてきたんだ。

「小官は戦死を覚悟の上で帝国軍人として奉職しております。それは全員同じはずでしょう。戦死は結果に過ぎません」

将校も兵卒も、敵も味方も、誰もが荒野の土くれになるのを覚悟するしかない。

だが大佐は脚をぷらぷらさせつつ、困ったように笑う。

「理屈ではな。だが貴官同様、私も割り切れずにいる。こんな異国の荒野で部下たちを死なせるぐらいなら、故郷で貧困と暴力に怯《おび》えたままの方がマシだったかもしれん」

「閣下が気に病むことではありません。小官の作戦立案能力が及ばなかっただけです」

するとと大佐はにっこり笑う。

「それこそ気に病むことではないな。貴官以上の作戦立案能力を持つ者はこの旅団にいない。私や部下たちがまだ生きているのは、ひとえに貴官の作戦のおかげだ」

「閣下……」

さては大佐、最初からこれを言うために話を振ったな？

ちっこい大佐は俺を見上げるようにしながら、こう続ける。

「貴官は旅団のために全力を尽くし、危険を顧みず勇敢に戦い、そして我々を勝利に導いた。その功績は本物だ。何ら恥じる必要はない」

大佐はそれから少し迷いながら言った。

「人は全知全能ではない。どうにもならないことを思い悩むな。どうにかできることだけ考えろ。私もそうするから」

大佐はまだ二十二歳。前世の俺ほども生きていない。二度目の人生を歩んでいる俺から見れば、ほんの小娘だ。

そんな彼女にここまで心配してもらい、こんなに温かい言葉をかけてもらっている。

俺はどう答えるべきか迷ったが、一番素直な気持ちを口にした。

「小官は幸運です。最高の上官に恵まれました」

すると大佐はちょっと驚いた顔をしてから、ニヤリと笑った。

「私の方が幸運だぞ。最高の参謀に恵まれたからな」

この人には敵《かな》わないな。暗闇の中、俺は無言で敬礼する。

大佐も無言のまま、笑顔で答礼した。

こんな会話をしたおかげかどうか、その夜はぐっすり眠ることができた。

やはり俺はこの人についていこう。その先に何が待っていたとしても。

第45話 汝は死神なりや？

敵の追撃を撃滅して以降、それ以上の追撃はなかった。ボロボロになった馬車の車列はさらに東へと進み続ける。

戦死した三名の遺体は帆布《はんぷ》にくるみ、蛆《うじ》が湧かないようにして帝国へと搬送する。あと一日か二日で帝国領に帰還できる。城塞都市ツィマーに埋葬してやろう。

そして矢を腹に受けて瀕死《ひんし》の女の子もまた、彼女たちの後を追おうとしていた。

「参謀殿……参謀殿……」

「ここにいるぞ」

なぜかずっと指名されているので、俺はいつの間にか彼女の看護役になっていた。どうせ今の俺は万策尽きた無力な参謀だ。負傷兵の付き添いぐらいしかすることがない。

彼女が矢を受けて既に二日経《た》っている。輸血も抗菌剤もなく、体表の傷を縫った程度の処置ではもう限界だろう。おそらく内臓が傷つき、出血が体力を奪い、感染症が全身に広がっている。

そこまで推察できるのに、俺たちは何もしてやれない。

「もう少しで帝国領内だぞ。帰ったら休暇をもらってしばらく休め」

濃密に漂う死の気配に耐えきれず、俺は気休めだと知りつつそんなことを言う。彼女はもう持たない。遅くとも数日、早ければ次の瞬間に死ぬ。

だが彼女は俺の手を握り、ぼんやりとした笑みを浮かべている。

る。

「や……役得、です……ふふふ」

こんな状態になっても、やっぱり休暇は嬉《うれ》しいんだな。こんな瀕死の子を騙《だま》していることに気が引ける。

もう体力がないので、彼女はほとんどしゃべらない。なぜかみんな俺に看護を押しつけていつも少し離れているので、俺がしゃべらないとひたすら沈黙が続く。

後は馬車の車輪の音と幌《ほろ》がはためく音だけだ。

気まずさと罪悪感に耐えきれず、俺は泥沼を覚悟しつつもまた口を開いてしまった。

「休暇では何をしたい？　たまには故郷に帰ってみるか？　シオン村といえば、メディレン領のシュレーデン辺りだったな。賑《にぎ》やかなところだと聞いているが」

しまった、この話の振り方はまずかったな。

都市部出身の若い女の子が戦列歩兵なんかやっているのは、たぶん家庭の事情か何かだ。よほど不幸な生い立ちでなければここにはたどり着かない。

俺が死にたい気分になっていると、本当に死にそうな方が笑う。

「お母さん……さ……参謀殿だよ……クロムベルツ中尉……」

もしかして帰省に同伴しないとダメなのか？　目の焦点が合っていないので、彼女は幻覚を見ているようだ。

相当痛くて苦しいはずだし、このまま死なせてやるべきだろうか。

致命傷を負った負傷兵の中には、殺してくれと懇願してきた子もいた。そういう子は戦友たちの手で静かに送られた。

だがこの子は死にたいとは言っていない。勝手に殺す訳にはいかない。

とはいえ、この苦しみを長引かせるのは……。

そう思って悩んでいると、彼女はまた笑う。

「参謀殿はね……お父さ……みたいに殴ら……ないし……すご、優し……」

目は虚《うつ》ろだがとても幸せそうな表情をしている。どんな幻を見ているんだろう。

俺はどうしていいかわからなかったが、嘘《うそ》をついた以上は最後まで嘘つきとして責任を持つことにした。

「ああ、そうだぞ。それにもう戦わなくてもいいんだ」

俺の言葉が聞こえているのかどうかわからないが、彼女はぼんやりと俺を見る。

次の瞬間、急に目の焦点が合う。

「あれ……？　リザちゃん？」

リザというのは先日の戦闘で戦死した歩兵科の子だ。

彼女はさらに言う。

「シューナさん……ピオラちゃん？」

シューナとピオラも戦死者だ。

だが俺も他の子も、戦死者についてこの子には何も教えていない。弱気になるといけないからだ。

「どうしてここに……？」

彼女は俺を見ていない。俺の背後を見ている。

俺は怖くなって背後を振り返るが、そこには誰もいない。あるのはあちこち破れた幌だけだ。

何が見えてるんだ？　幻覚なのか？　それとも本当に何かいるのか？

前世では霊の存在なんか信じていなかったが、実際に転生してしまった身としては霊の存在を否定しきれない。

どうしていいかわからずに硬直していると、瀕死の負傷兵は目から一筋の涙をこぼした。

「うん、一緒に……行こう……」

「待て！　行くな！」

もう助からないのはわかっているのに、俺は思わず叫んでいた。

シュワイデル帝国に生まれてからというもの、人間の最期なんか飽きるほど見てきた。ストリートチルドレンの頃から死は身近にあった。もう慣れてしまって何も感じない。

そう思っていたのだが、なぜか声が出てしまった。

しかし彼女は恍惚《こうこつ》の表情を浮かべ、どこか遠くを見ている。

「あなた、が……死神……？」

臨終の床に死神も来てるのか。それとも俺のことだろうか。

問いただしてみたかったが叶《かな》わなかった。

それが彼女の最期の言葉だったからだ。

しばらくして、おそるおそるといった感じで歩兵科の子たちが顔を覗《のぞ》かせる。

「えっと、参謀殿？」

俺は気を取り直し、まだ生きているみんなに振り返った。

「逝ったよ」

感傷に耽《ふけ》っている暇はない。俺たちはまだ敗走中だ。

制帽を被《かぶ》り直すと、俺は次にやるべきことを実行する。

「彼女の遺体を帆布にくるんで、後列の馬車に移そう。手伝ってくれ」

「はい、参謀殿」

この日、第六特務旅団の戦死者は四名になった。

✖
✖
✖

俺は馬上で手綱を握りながら、彼女の臨終の様子を思い返す。

気の毒な最期だったが、不可解な点もあった。

どうして彼女は、他の戦死者を正確に言い当てられたんだ？

馬車の外の会話を聞いた可能性もあるので、戦死者の霊を見たとは言い切れない。

ただ「死んだら終わり」ではないことは、転生した俺自身が証明している。どうにもモヤモヤするな。

あと死神って、もしかして俺に死神が取り憑《つ》いてたりするのか？

ちらりと振り返ってみるが、霊の気配も何もない。もともと霊感などの類は信じていない俺だ。

この世界の手がかりがつかめたような気がしたが、逆に謎が深まってしまった。

まあいい。わからないことはわからないと受け入れるのが科学的な態度だろう。そのうちわかるといいな。

それよりも今は生存者を無事に帰還させる方が重要だ。

「クロムベルツ中尉、そこにいたか」

「これは閣下」

アルツァー大佐が軍馬で近づいてきたので、轡《くつわ》を並べて随伴する。

大佐は優しい目をして俺に微笑《ほほえ》みかける。

「彼女は敵意と汚泥にまみれて死んだのではなく、戦友に囲まれて慈しみと平穏の中で旅立ったのだ。そう落ち込むな」

「落ち込んではいませんよ、閣下」

俺は笑ってみせる。将校はどんなときでも普段通りにしていなければならない。

ただまあ、大佐になら愚痴のひとつも許されるだろう。

でもストレートに弱音を吐くのは情けなかったので、ちょっと冗談めかして言う。

「部下の死に何も感じなくなれば、もっと気楽になれるんですが……」

すると大佐は困ったような顔をして、少し拗《す》ねたように言う。

「そんな貴官は見たくないな。私は今の貴官が好きだ」

「すみません」

そりゃそうだ。良くない冗談だった。

いけないな、まともな冗談すら言えなくなっている。これじゃ軍務に支障をきたすぞ。

そう思っていると、大佐が心配そうな顔をした。

「あまり思い詰めるな。貴官はそうやってすぐに自分を追い詰める」

「気をつけます」

「だから追い詰めるなと」

そんなこと言われても……。

大佐は俺の表情を見て、フッと苦笑する。

「いや、今のは私が悪かったな。今の貴官の方が好きだと言っておきながら、あれこれ注文ばかりつけてしまった」

「いえ、小官が年甲斐《としがい》もなく妙なことを言うからいけないのです」

前世分も合わせれば相当な年齢のはずなのに全く情けない。

しかし大佐は「おや？」という表情をした。

「貴官は私より年下だろう？」

しまった。

大佐の前だと妙に口が軽くなってしまう。これも彼女のカリスマ性か。

とにかくごまかさねば。

「若輩とはいえ、もう二十は過ぎていますから」

平民は十歳頃から見習いとして働き始めるので、二十代前半はもう立派なベテランだ。俺もこの世界で何年も軍務を経験している。

ということで納得してもらおう。

大佐はしばらく俺の顔をじっと見ていたが、やがて前を向いてうなずいた。

「そうだな。だが貴官は年齢以上に落ち着いている。それが逆に心配なぐらいだ」

「ありがとうございます」

なんとかごまかせた……かな？

そのとき、前方を警戒する偵察騎兵から連絡が入った。

「行軍中の第一師団の兵、およそ一万を発見しました！　第六特務旅団の合流を歓迎するとのことです！」

俺と大佐は顔を見合わせる。

「途中で脱落した部隊か。皇帝直属の近衛《このえ》師団が、遅参どころか勝手に退却するとはな」

「第二師団の自殺行為に付き合う義理はなかった、ということでしょう」

俺は馬上で肩をすくめてみせる。

「何にせよ歓迎してくれるのなら合流しましょう。城塞都市ツィマーまであと少しですし、皇帝直属の第一師団と一緒なら何かと安心です」

「そうだな。ではありがたく合流させてもらうか」

俺は最後尾の馬車を振り返る。

あそこには戦死者四名の遺体が安置されていた。

「もうすぐだからな」

せめてシュワイデル人の土地に埋めてやろう。

第46話　道化師の旅団

敗残の第六特務旅団は、近衛《このえ》師団である第一師団と共に帝国領に帰還を果たした。国境の城塞都市ツィマーに入り、第二師団の国境守備隊に迎え入れられる。

将校たちは代官の城館に招かれ、報告と慰労を兼ねた昼食会に参加した。

「いやあ、キオニス人どもには手を焼かされましてな！」

第一師団の近衛大佐がヒゲを撫《な》でながら豪快に笑っている。

「元帥閣下の策を見破られ、どうにかこうにか敵中を突破してきた次第です」

嘘《うそ》つけ。お前ら会戦に間に合わなかっただろ。

傍らを見るとアルツァー大佐が物凄《ものすご》い顔で近衛大佐を睨《にら》んでいる。

さすがに近衛大佐もギョッとしたようで、口調が急激に尻すぼみになった。

「ま、まあ……あの……第六特務旅団の獅子奮迅《ししふんじん》の働きあってこそ、なのですがな？」

参加している将校や貴族たちの視線がアルツァー大佐に注がれる。

さっきまでの怒気に満ちた表情が嘘のように、大佐はけろりとしていた。どうやら演技だったらしい。

「ジヒトベルグ公のような偉大な名君を失ったことは、メディレン家にとっても耐えがたい哀《かな》しみです。皆様、どうか気を強く持たれますように」

そつのないお悔やみだ。さすがに五王家の一員だけのことはある。

ツィマー市の軍人や役人はみんなジヒトベルグ門閥だ。トップを失ったことで彼らの立場は不安定になる。

それだけに大佐の言葉は歓迎されたようだ。

「ありがとうございます、アルツァー様」

「どうか当家の名誉が守られますよう、お力添えを」

彼らの危惧はよくわかる。

なんせ五万の大軍を擁してキオニス領に殴り込みをかけ、戻ってきたのは二万ほど。

それも会戦に参加しなかったから助かったようなもので、会戦に参加した部隊で生還したのは第六特務旅団だけだ。

だから会戦の真相を知る者はほとんどおらず、みんな責任問題になるのを恐れて嘘だらけの報告をしているらしい。

つまり俺たちの発言ひとつで、いろんな連中の首が飛んだり繋《つな》がったりする訳だ。さすがにメディレン家当主の叔母の言葉を公然と疑う者はいない。

その大佐はというと、何事もなかったかのように平然としている。嘘つきの近衛大佐を糾弾するでもなく、かといってジヒトベルグ公をあれこれ言う訳でもない。

大佐が俺をちらりと見る。

(これでいいのだろう?)

(ええ。迂闊《うかつ》な発言をするよりは、今は沈黙を保った方が得だと思われます)

俺のアイコンタクトに大佐は小さくうなずく。

（今回の大失態はジヒトベルグ家の命運を危うくするだろうな）

（そうですね……。ジヒトベルグ家はどうにかして権威失墜を防ごうとするはずですし、逆に帰還兵たちはジヒトベルグ公に全責任をなすりつけるでしょう）

俺たち自身もそうだが、とにかく敗残の兵というのは気まずい。敗戦の責を負わされる危険性もあり、保身は全力で考えねばならない。

そうなると総大将が戦死しているのは大変都合が良く、全部総大将のせいにしてしまえる。

そんな訳で軍の内部は今とてもギスギスしており、迂闊な発言は足下を危うくする危険性があった。

大佐はアイコンタクトで器用に溜息《ためいき》をつく。

（立ち回りが大変だな。策はあるか、我が参謀？）

（第六特務旅団の発言力などたかが知れています。しばらくは卑劣な風見鶏《かざみどり》に徹するしかないでしょう。ただ……）

（なんだ？）

大佐が首を傾《かし》げたので、俺は苦笑いしてみせる。

（どうせリトレイユ公が何かするでしょうから、それに乗っかってうまいことやりましょう）

国内の諸勢力の動きは複雑だが、謀略の黒幕であるリトレイユ公の狙いはシンプルだ。ジヒトベルグ家を没落させる。

俺たちにそれを止める力はないので、リトレイユ公の悪事にタダ乗りして甘い汁を吸おう。

大佐が呆《あき》れている。

（貴官の有能さは再確認させてもらったが、つくづく敵に回したくない男だな）

（褒めてるんですか、それは）

（これ以上ないぐらいに賞賛しているぞ。これからも私の傍《そば》から離れるな）

褒められた。嬉《うれ》しい。

ふと気づくと、さっきの近衛大佐がびくつきながら不思議そうな顔で俺たちを見ている。

「あの、メディレン大佐殿……何か？」

どうやら大佐が側近の俺と見つめ合っていたので、極度の不安に駆られたらしい。

さらにこんなことまで言う。

「そちらの中尉は、確か『死神参謀』と名高いユイナー・クロムベルツ中尉ではありませんか？」

地味に傷つくから死神って呼ばないでくれ。いや待て、名高いの？

するとアルツァー大佐はこれ以上ないぐらいのドヤ顔になって、誇らしげに微笑《ほほえ》む。

「そうです。我が旅団は退却中にキオニシャラーン騎兵の追撃を受けましたが、この男の策謀ひとつで逆に全滅させました」

居並ぶ諸将と官僚たちがどよめく。

「おお……さすがはゼッフェル砦《とりで》の英雄」

「精鋭と名高い第六特務旅団だけのことはありますな」

「あの大敗北の中、ほぼ無傷で敵中を突破してくるとは」

んんん？　なんか変だぞ。

賞賛されて嬉しくない訳はないが、妙な違和感がある。

俺たちの勝利はあくまでも戦術レベルの小さな勝利だ。国同士の戦いではほとんど何の影響もない。

俺はテーブルの下で大佐の肘をちょいちょいつつき、目で訴える。

(妙です。ここは戦略階梯《せんりゃくかいてい》の議論をする場ですが、戦略階梯では我々の勝利など讃《たた》えるに値しません)

(確かにな。ひどく不健全な匂いがする。あの女の香水のような匂いだ)

皮肉がどぎついけど、俺も同じことを考えていた。

案の定、話が妙な方向に脱線し始める。

「遠征は大敗しましたが、まだ我々にはこのような精鋭が無傷で残っております」

「さよう。リトレイユ公の下で団結し、敬愛する帝室をお守りしましょう」

やっぱりあいつか。

(閣下、これはリトレイユ公の宣伝工作です)

(わかっている。我々を政治の道具に使う気だ)

あのクソ女、何もかも見通していたんだ。

ジヒトベルグ公が大敗北することも、俺たちが無事に生還してくることも。

そして生き残った俺たちを悲劇の英雄に仕立て上げるつもりだ。

リトレイユ公はジヒトベルグ公を元帥に推挙している。無能を推挙した責任を問われる場面もあるだろう。

その声を封殺するには、この戦いを美談に仕立てて不可触の「聖域」にしてしまう手がある。

『あなたがたは異国に散った戦士たちや、激戦を戦い抜いて帰還した英雄たちを侮辱するつもりですか？』

論点のすり替えだが、こう言われると反論しづらい。英雄扱いされる部隊があればなおさらだ。

もともと帝国内の貴族や軍人たちは、ほぼみんなキオニス遠征に好意的だった。各師団の参謀本部も「勝算は極めて高い」という評価をしている。下手に検証すれば自分たちの無能ぶりを晒《さら》すことにもなりかねない。

こうしてお互いに気まずさを抱えつつ、みんな黙り込む。

軍事的な検証は置き去りにされ、帝国史における「悲劇の敗戦」として誰も触れることができない場所に安置される。遠征は美談とされ、忘却の彼方《かなた》へと追いやられるだろう。

実際、場の雰囲気はその通りになりつつあった。

「悲劇的な戦いでしたが、今こそ五王家が団結しなくてはなりませんな」

「ジヒトベルグ公の遺志を受け継ぎ、キオニス人どもから帝国を守らねばなりません」

「ええ、リトレイユ公の下で団結しましょう」

微妙に嚙《か》み合ってない会話をしているが、双方の立場の違いのせいだ。早くも水面下で熾烈《しれつ》な駆け引きが始まっている。

そして俺たちはというと、議論の箸休めみたいに話題に上る。

「それにしても第六特務旅団は素晴らしい」

「女性ばかりと侮っておりましたが、いや立派なものだ。我が師団も手本としたい」

「大佐殿の御活躍、きっとメディレン公もお喜びでしょう」

大佐と俺は顔を見合わせ、そっと溜息をつく。

（素直に喜べないな）

（とにかく今は耐えましょう）

こんなことのために大事な仲間を四人も失ったのか……。

第47話 旅団葬

帰国後に貴族社会の情勢を垣間見《かいまみ》たことで、リトレイユ公が何を考えているかは何となくわかった。

俺たちは「キオニス遠征で死闘を戦い抜いて帰還した悲劇の英雄」に祭り上げられる。聞こえはいいが完全な道化だ。

とはいえ、敗戦の責任を押しつけられるよりは遥《はる》かにいい。

「受け入れるしかないのだろうな」

城塞都市ツィマーの城壁沿いに歩きながら、アルツァー大佐が溜息《ためいき》をつく。気が乗らない様子だ。

俺は参謀として隣を歩きながらうなずく。

「仕方ありません。ここまでは何もかもリトレイユ公の思惑通りです」

「ここまでは、か」

大佐は俺の言葉の意味を見抜いたようだ。

俺は補足説明する。

「はい。五王家と各師団にはそれぞれの思惑があり、潰されそうになれば当然抗《あらが》います。リトレイユ公は反撃を受けるかもしれません」

どの王家も広大な領土と莫大《ばくだい》な資産を持ち、私兵同然の軍隊を擁している。黙って潰されたりはしない。

「それにここから世論がどう転ぶかわかりません。一度動き始めた世論は、思わぬ方向に転がり始めます」

この場合の「世論」には普通の平民は入っていない。貴族や聖職者、それに豪商などの富裕層だけがこの国の世論を構成している。

大佐は城壁の日陰を歩きつつ、高い城壁を見上げる。

「あの女は斜陽の帝国を動かし始めたが、どこに動いていくかは彼女自身にも読めないということか」

「ええ、誰にも読めません」

「であれば、機に応じて敏に動くしかない。実家の伝手《つて》を頼って情報収集を強化しよう」

この人の場合、実家の伝手が強すぎる。帝国の国政を牛耳る五王家だもんな。

五王家は他の貴族と違って王家だから、君主としての格式を備えている。当然、自前の諜報《ちょうほう》機関や情報網も持っている。

そのとき、向こうからハンナ下士長が手を振った。

「大佐殿！　参謀殿！」

城壁の外の一角には広大な墓地が広がっており、そこに第六特務旅団の面々が集まっている。

今回の戦死者四名はここに埋葬される。既に遺体の損傷が始まっており、さすがに故郷のメディレン領まで運ぶ余裕はない。

俺と大佐は顔を見合わせ、手を振り返す。

「ああ、すぐ行く！」

フィルニア教安息派の作法に則《のっと》って、四人の棺《ひつぎ》は墓穴に安置される。本来なら平民の兵士には棺桶《かんおけ》を用意できないことも多いのだが、大佐が私費で調達してくれたのだ。

従軍神官がいないので、フィルニア教安息派の聖地・フィニス王国出身のラーニャが儀式を代行する。彼女はもともと旅楽士で、旅先では葬送や慰霊にも呼ばれていたらしい。

「生命の太陽は地平に遠く、死の影は墓穴を覆う。我ら黄昏《たそがれ》に汝《なんじ》らを送りて、安らぎの夜を願う者なり」

鼓笛隊長でもあるラーニャは竪琴《たてごと》を奏で、静かな曲が墓地に流れる。

「我らの友、リザ・セイテス」

戦列歩兵の子だ。まだ若く、明るくて無邪気な少女だった。喉に矢が突き刺さり、口と鼻から血を溢《あふ》れさせて死んだ。

「我らの友、ピオラ・ローディ」

こちらも戦列歩兵だが少し年長で、夫の暴力から逃れてきたと聞いている。腹を切り裂かれて臓物が飛び出して死んだ。

夫の拳と騎兵の曲刀、どちらがマシだったのか俺にはわからない。

「我らの友、シューナ・ビヨルド」

輜重隊《しちょうたい》の子だ。争い事は苦手だったが、人一倍責任感が強くて勇敢だった。キオニス騎兵《キオニシャラーン》に投網を投げつけようとして腕を切断され、のたうち回りながら失血死した。

「我らの友、レラ・シオン」

ジャラクード会戦で腹に矢を受け、三日間苦しみ抜いて死んだ子だ。他の三人と違い、もしかしたら救命できたのではないかと今でも悔いが残っている。

ラーニャはよく通る美声でフィルニア教の弔辞を捧《ささ》げる。

「慈悲深き神よ、我らの友のために安息の門を開き給《たま》え。我らの友にとこしえの安らぎを与え、再会の日まで守り給え」

安息の門か。死後の世界があるのか、一度死んだ俺にもわからない。

ただ転生はあるから、死んだら終わりとは限らないな。

彼女たち四名の魂がもっとマシな世界に転生し、幸せになることを願おう。

俺のいた世界もそんなに悪くはなかったので、良かったらあっちに転生してみんなでパフェとか食べてください。

葬儀の後はみんな休息をとるために街に出ていった。居酒屋で故人を偲《しの》んだり、戦いの疲れを癒やしたりするのだろう。

それを見送った後、大佐が俺に振り返る。

「何もかも貴官のおかげだ。部下たちの亡骸《なきがら》を荒野に晒《さら》すことなく、こうして帝国領で旅団葬をしてやれたのはせめてもの慰めだ。そもそも貴官がいなければ私たちは全滅していただろう。旅団長として貴官の功績を称《たた》える。ありがとう、クロムベルツ中尉」

俺は照れ臭くなり、制帽を目深に被《かぶ》る。

「いえ、小官は皆を死なせたくない一心でした。もちろん自分自身も含めて」

確かに他の部隊と違って、俺たちは旅団として戻ってこられた。しかも戦死者を全員ここまで連れ帰ってこられた。

それは生き残った俺たち自身にとって大きな救いだ。戦友が荒野で獣に食い荒らされる悪夢に苦しめられることはないだろう。

大佐は戦没者墓地を見回し、新しい墓がほとんど増えていないことに溜息をつく。

「あの会戦に参加した部隊の大半は誰も帰ってこなかった。わずかに帰還した者たちも、戦友を見捨てた負い目があるだろう」

キオニス遠征軍五万のうち、ジャラクード会戦に参加したのは三万。残り二万は途中で引き返しており、軍令違反にあたる可能性が濃厚だ。

会戦に参加した部隊のうち、ほぼ無傷で帰還できたのは第六特務旅団だけだった。

大佐はつぶやく。

「生き残った者の間でも立場や意見は異なる。今後、あちこちで軋轢《あつれき》が生まれるだろう。下手な争いに巻き込まれると面倒だ」

俺は参謀として、言いにくいことを言う。

「であればなおのこと、リトレイユ公の思惑に乗った方が良いでしょう。短期的には勢力争いの覇者になる可能性が大です」

「長期的には？」

「わかりません。リトレイユ公が獲得した優位をどこまで定着できるかで、長期的な予測は大きく変わります」

俺はそう答え、それから個人的な見解を述べた。

「ただリトレイユ公のやり方では帝国そのものが衰退します。何かする度に敵を作りますので、彼女が政治基盤をどれだけ固めたところで最後は破滅するでしょう」

ああいうタイプの謀略家は歴史上に何人もいた。

だがどれほどの英傑《えいけつ》であろうとも、敵を増やしすぎると暗殺や失脚工作の標的になる。

「利己のために帝国の全てを蹂躙《じゅうりん》するリトレイユ公が、どこまで突っ走れるか。帝国そのものを破壊するまで走れるのなら、最後まで乗るのも一計かもしれません」

大佐は俺の言葉をじっと聞いていたが、やがて前を向く。

「それはやめておこう。私はあの女が嫌いだ」

「奇遇ですな、小官もです」

俺たちは顔を見合わせてニヤリと笑うと、そのまま黙って歩き続けた。

×　×　×

城塞都市ツィマーから、へとへとになって旅団司令部に帰ってきた俺たち。

出迎えてくれたのは留守番役のロズ中尉だった。

「無事に帰ってきたな、ユイナー」

「無事じゃない。退却戦で騎兵に追い回されて死ぬかと思ったぞ」

するとロズはコーヒーを淹《い》れながら呆《あき》れたように言う。

「キオニス騎兵の前に囮《おとり》になって飛び出したら、普通はそのまま死ぬんだ。なんで生きてる？」

そうそう何度も死んでたまるか。一回死んだら十分だ。

俺はロズの淹れたいつも通り不味《まず》いコーヒーを懐かしく思いつつ、とりあえず言い返す。

「生き残れる可能性が最も高いプランを提案し、それがうまくいったからだ」

「さすがは参謀中尉殿」

ロズが笑う。

そして不意に真顔になり、こう言った。

「そんなお前にだけ言っておきたいことがある。ミルドール家はリトレイユ公の尻尾をつかんだようだ」

危うくコーヒーを噴き出すところだった。なんだそれ。

ブルージュ公国が帝国のミルドール領に侵攻したとき、リトレイユ公はブルージュ軍に攻城砲を供与した。

そのせいで最重要軍事拠点のゴドー要塞は陥落。第三師団は幹部将校多数を失い、現在も独立した作戦行動ができなくなっている。

ただ、リトレイユ公が敵側に攻城砲を供与した事実は俺とアルツァー大佐しか知らない。

さすがにヤバすぎて公表も報告もできない。

俺は内心の動揺を隠しつつ、少し探りを入れてみる。

「尻尾か？」

「ああ。お前はもう気づいているだろう。ブルージュ公国軍の砲戦能力は異常だった。俺は砲戦の専門家だからわかるが、第三師団に大損害を与えたのは歩兵ではなく攻城砲だ」

ロズはカップを片手に窓の外を眺める。

「戦後、すぐさまミルドール家の諜報組織が調査を行った。だがブルージュ軍には大型砲の鋳造設備が存在しないし、技術者もいないらしい。じゃああの攻城砲はどこから湧いてきた？」

俺はとぼけてみる。

「転生派諸国から輸入した可能性は考慮したか？」

「もちろんだ。だがブルージュ公国は元々は安息派だ。転生派諸国からは白眼視されている。騎馬の輸入すら難儀しているのに大砲は無理だろう」

裏切り者の哀《かな》しい定めで、ブルージュ公国は隣国のアガン王国などとの関係があまり良好ではない。歴代のブルージュ公は転生派の中で立場を失うことを恐れ、シュワイデル帝国に対して執拗《しつよう》に攻撃を繰り返している。外交的なアピールだ。

ロズは俺をじっと見る。

「俺自身も多くは知らないが、ミルドール家は女狐《めぎつね》の尻尾をつかんだらしい。だがまだ巣穴から引きずり出す方法が見つかっていないそうだ」

確実な証拠はない、ということか。

それからロズはまたいつもの調子に戻り、おどけて言った。

「ま、そんな訳だから旅団長閣下にはそれとなく伝えておいてくれ」

「おいおい」

「俺との雑談中、察しのいいお前は何かに気づいた。義理堅いお前は俺の立場に十分な配慮をした上で、旅団長にも報告をする。情報の意図的な漏洩《ろうえい》も隠蔽も起きていない。それでいいじゃないか」

なんてヤツだ。

ロズはミルドール公弟の婿であると同時に、メディレン家当主の叔母を上司に持つ。両家に顔向けできるよう、ギリギリのラインを攻めてきた。

しかも俺を巻き込んできやがった。そんな親友がいてたまるか。

俺は溜息をつき、それからロズを睨《にら》む。

「貸しだぞ」

「もちろんだとも。有益な情報が得られた上に、俺個人に貸しまで作れて幸運だな。感謝しろよ？」

「もうちょっと申し訳なさそうな顔をしろ」

「わかったわかった。じゃあ後は頼む」

この野郎。

俺は冷えたコーヒーをぐいと飲み干し、それからカップを押しつける。

「これから旅団長閣下に報告してくる。お前はカップを洗っとけ」

さて、どう報告したものか……。

第48話　謀略の帝都

俺が旅団長室に入ると、当番兵の女の子がカップを片付けているところだった。誰か来ていたらしい。

「すみません、出直しましょうか？」

「いやいい。重要な連絡がある」

「実は小官もです。ここ座りますよ」

俺がソファに腰掛けると、当番兵の子が気を利かせて紅茶を運んできてくれた。

「どうぞ、参謀殿」

「ありがとう、悪いな」

するとその子はお盆を手に照れくさそうな顔をした。

「いえ、さっきのお客様が早く帰られたので、お出しする紅茶が余ってしまったんです」

「なんだそうか。では貴官の手間を無駄にしないためにも、ありがたく頂くよ」

当番兵の子が退出した後、ちっこいアルツァー大佐が拗《す》ねた顔をして腕組みしていた。

「階級に関係なく、機会は平等にあるべきだと考えている」

「なんです急に」

「どうして貴官は肝心なところで察しが悪くなるのか」

何言ってんのこの人。

少し考え、言わんとする意味を理解する。ああ、そういうことか。

「お言葉ですが、それは考えすぎでは？」

「貴官は我が旅団唯一の独身男性で、温厚で誠実で有能だ。見た目もいい」

「いいですか？」

「かなりいいぞ」

なんで力説するんだ。

このままだと話が全然先に進まないので、俺は大佐に話を促す。

「それで閣下、連絡とは？」

「ああうん、まあそうだな。そちらが先か」

アルツァー大佐は咳払《せきばら》いし、ソファに腰掛ける。

「リトレイユ公の政治工作が激しくなってきた。彼女は国内を二分するつもりだ」

「二分……」

俺は少し考え、ハッと気づく。

「ジヒトベルグ家、それにミルドール家を帝国の敵に仕立て上げるつもりですか？」

「そうだ。さすがに察しがいいな」

喜んでる場合じゃないよ、大佐。

大佐はさらに続ける。

「ブルージュ公国相手に失態を演じたミルドール家。キオニス連邦王国への遠征で大敗したジヒトベルグ家。彼女は両家を『五王家の恥』『帝国の敵』と強く批判しているらしい」

「ジヒトベルグ公を元帥に推薦しておいて何を言ってるんですか、彼女は」

「そこを掘り返すと皇帝陛下の任命責任が浮上するからな。我がメディレン家としても反論しづらいそうだ」

序列第二位のジヒトベルグ家と、第三位のミルドール家。

この両家が悪者扱いされており、残りは序列首位の帝室と第四位のメディレン家、そして第五位のリトレイユ家だ。

「閣下、この流れだと皇帝陛下はリトレイユ家を重用するのでは？」

「そうだな。序列ではメディレン家の方が上だが、当家はここに至るまで何もしていない。日和見《ひよりみ》主義もここに極まれりだ」

大佐はそう言ってから、フッと苦笑する。

「そのせいか最近の当主殿は私に優しくてな。元々私には何かと便宜を図ってくれていたのだが、今は私を頼りにしているようだ」

「対ブルージュ防衛戦、対キオニス遠征の両戦役で武功がありますからね、閣下は」

「私の武功ではない。貴官の献策と献身あってこその勝利だ」

褒められると嬉《うれ》しいけど照れくさいな。

「小官の提案をここまで認めてくださるのは閣下だけです。小官にとって閣下は帝国随一の名将ですよ」

「褒めたつもりが褒められてしまったな。だが貴官にそう言われれば悪い気はしない」

大佐はニコッと笑い、そして話を元に戻す。

「ともあれ、我々の思惑とは裏腹に我々は政争の具となった。この陰謀劇の舞台から降りることはできないだろう」

「確かに」

リトレイユ公にしてみれば、俺たちなんか「生き残ればまた使える」程度の道具に過ぎなかっただろう。

だが俺たちはしぶとく生き残り続け、リトレイユ公にとって役立つ道具になった。

と同時に、ミルドール家やジヒトベルグ家、そしてメディレン家にとっても無視できない存在になっている。何せ戦争には負けていても俺たちの旅団だけは勝っているのだ。

「閣下の発言ひとつで帝国の勢力図が一変しますよ」

「嬉しくないな」

大佐は頭を掻《か》き、それから俺を見た。

「まあいい。とにかく面倒事が増えるぞという連絡事項だ。私の方は以上だが、貴官の用件は何だ？」

「ああ、そうでした」

俺はロズ中尉から聞いた話を大佐に報告する。

「ミルドール家はリトレイユ公への反撃を考えているようです。ブルージュ侵攻で、例の大砲の件を嗅ぎつけた模様です」

「さすがはミルドール家というべきだな。黙って殴られているばかりではない」

大佐はそう言って腕組みをする。

「どちらが勝つ？」

「まだ何とも言えません。どちらを勝たせたいですか？」

「ミルドール家に恨みはないし、ミルドール家一門衆のシュタイアー中尉は大事な部下だ。それにリトレイユ公が勝つ未来は見たくない」

そりゃそうだよね。

「では水面下でミルドール家に協力しますか？」

「そうだな……いや待て」

アルツァー大佐はにんまり笑う。ちょっと怖い笑みだ。

「方針としてはミルドール家に与《くみ》するが、直接のやり取りはやめておく。リトレイユ公がそれを警戒していないはずがないからな」

「なるほど」

リトレイユ公は他人を陥れる策謀に長《た》けている。ということはもちろん、自分を陥れる策謀に対しても敏感だろう。

大佐はこう続ける。

「そちらの工作は私が直接行う。高度に政治的で……あと、貴官のような正直な男には向いていない任務だ」

「正直ですか」

別に正直ではないと思うけど、正直だと言われたらやっぱり嬉しい。人間、正直が一番だ。

大佐は妙に優しい顔で俺を見つめる。

「貴官は己の内の正義に反することはできないだろう？　だが私はできる。貴官は正直なままでいてくれ」

「ありがとうございます、閣下。今後とも正直な参謀としてお役に立ちます」

正直な参謀ってあんまり強そうじゃないけど、大佐の厚意を無下にはしたくないからな。

このやり取りのあった数日後、俺と大佐に出頭命令が下った。

それも師団司令部や陸軍総司令部じゃない。

帝都のビオリユア大宮殿。皇帝の御座所であり、シュワイデル帝室の中枢部でもある。

そして魑魅魍魎《ちみもうりょう》が蠢《うごめ》く陰謀の巣窟でもあった。

俺が何をしたっていうんだ。

アルツァー大佐は慣れた様子でコートを着込みながら言う。

「どうせキオニス遠征の件だろう。査問会でなければいいのだが」

「冗談じゃないですよ。小官まで出頭させる意味がわかりません」

すると大佐はニヤリと笑う。

「出頭命令がなければ私一人で行かせたか？」

「それは……まあ、参謀としてはお側《そば》にいるべきかと思いますが」

なんでもかんでも相談してくるからな、この人は。

「閣下は小官に髪結いのリボンの色までお訊《たず》ねになりますので」

「何を質問しても誠心誠意考えてくれるのが嬉しくてな。このコートを新調したのだがどう思う？」

ひどい。

俺はコートをじっと見つめ、それから答える。

「よくお似合いです。閣下は厚手のコート、特にファーのついたものがよくお似合いになります」

「そうか？」

ふふっと笑う大佐。

それから急に真顔になる。

「待て、それはもしかして『もこもこに着込んでいると子供みたい』だからか？」

「はい」

中学生みたいで可愛《かわい》いんだ。

大佐は急に不機嫌になり、恨めしそうな顔で俺を睨《にら》む。

「誠心誠意考えたからといって、いつも望む答えをくれる訳ではなさそうだな」

「申し訳ありません」

「おい、笑うな」

可愛いと思うんだけどな。

×　×　×

俺たちはシュワイデル帝国の中心部、帝室直轄領にある帝都ロッツメルへと到着した。偵察騎兵の子たちと歩兵科の選抜射手たちが数名、護衛として同行してくれる。

留守番はいつものようにロズ中尉だ。将校が留守番をしてくれるのはありがたい。

「帝都ロッツメルは初代皇帝が最初に獲得した領地だ。反乱鎮圧で武功を挙げ、五人の仲間と共にこの地を拝領した。当時は何もない寒村だったと聞く」

馬車にガタゴト揺られながら、大佐が女の子たちにそんな話を聞かせている。

「その後もさまざまな動乱を見事に立ち回り、わずか一代で大帝国を築くまでに至った。五人の仲間には広大な領地を与えて王にしてやったが、その一人が我がメディレン家の初代当主という訳だ」

成り上がり者の皇帝が頼りにし続けたのが、五人の仲間たちだ。彼らは皇帝の期待に応え、大帝国の礎となった。

それだけに皇帝の信頼は篤《あつ》く、彼らは家臣ではなく盟友として「王」を名乗ることを許され、帝位継承権も与えられている。

まあ数十年前にブルージュ家が裏切ったけど。

アルツァー大佐はメディレン家の先々代当主の実子。本物のお姫様だ。

馬車に随行する旅団の子たちも、そんな大佐にメロメロらしい。

「由緒正しい家柄なんですね。大佐殿、カッコイイ！」

「そうだろう、そうだろう」

「そのコートもこもこで可愛いです！」

「うんうん……うん？」

尊敬のされ方に首を傾《かし》げたアルツァー大佐だったが、彼女は俺を見る。

「ここから先は誰が敵で誰が味方かはわからない。そして敵味方はすぐに入れ替わる。肝に銘じておいてくれ」

「承知しております」

やだなあ。

第49話 御前会議（前編）

帝都ロッツメルに来るのは久しぶりだ。ここには帝国領からいろんな品物が集まってくる。品質も悪くないので、銃でも医薬品でも役立つものが仕入れられるだろう。

だが俺たちの馬車はそそくさと宮殿に直行する。寄り道しないよう厳命されていたからだ。

さらに宮殿の一室に全員押し込められ、廊下には近衛《このえ》師団の兵士たちが見張り番として立った。外部との接触を完全に断たれた形だ。

客室は立派だったし紅茶と茶菓子まで出てきたが、どうにも居心地が悪い。

「まるで査問会ですね」

素人にもわかるほどの高級で美味《うま》い紅茶を飲みつつ、ガレットのような焼き菓子をボリボリ食べる俺。

銃も預けさせられたし、今の俺にできることは何もない。

すると大佐が事も無げに言う。

「査問会だとも」

おいおい、ちょっと待ってくれ。

「我々のですか？」

「いや、違う」

首を横に振った大佐は、ふと笑顔になる。とても意地悪で楽しそうな笑顔だ。

「まさか貴官、柄にもなく怯《おび》えているのか？」

「もともと小官は臆病者ですよ」

大佐はクスクス笑っている。

「心配するな、吊《つる》し上げられるのは我々ではなくジヒトベルグ公だ。彼の責任を問う会議だよ」

「あの爺《じい》さんは死んでるじゃないですか」

死者の責任を問うために旅団長クラスを呼び出してる時点で、この国はもうダメなんじゃないかなという気がする。俺はともかく大佐はそんなに暇ではない。

「どうせリトレイユ公が政治的に利用する気なんでしょう」

大佐は紅茶を優雅に飲み、高貴な香りに目を細めつつうなずく。

「そうだ。あの香水臭い女の企《たくら》みに乗ってやろうと思ってな。ただし最後まで付き合う気はない。途中で降りて、あの女の破滅を見届けてやろうと思う」

「小官も賛成です。ただし降りどころを見誤れば破滅します。小官にはそういった政治力がありません。閣下の嗅覚が頼りです」

「そこは私に任せてもらおう。貴官は知勇兼備の名将だが、貴族社会の人脈が乏しいのが弱点だな。まあ、リトレイユ公はそこまで見極めた上でよこしたのだろうが」

アルツァー大佐はそう言って苦笑する。

「政治力のない貴官がリトレイユ公への反撃を企てても無駄だし、貴官自身がそれをよく理解している。安心して私の参謀によこせる、という訳だ」

「大変不本意ですが、リトレイユ公の見立ては正しいと言わざるを得ません。私は彼女が嫌いですが、殊更に敵対しようという気はありませんよ」

この世界で「力のある貴族」というものがどれほど恐ろしいか、よくわかっているつもりだ。

マフィアのボスに司法権と立法権をセットで与えたような存在だからな。どんな無法も合法化してくる。

大佐はティーカップの繊細な絵付けをしげしげと見つめつつ、こう答える。

「もう少し無茶をしてもいいのだぞ？　そのために私がいる。後始末は任せておけ」

大佐はそう言って薄っぺらい胸を張り、ドンと叩《たた》いてゲホゲホむせた。

×　×　×

そして俺たちは宮殿の極秘会議に招集される。

俺は同席する必要がないと思うんだが、大佐が「お前がいなかったら話にならないだろう」としつこく言うので、しぶしぶ出席した。

しかも大佐の後ろで立っているつもりだったのに席まで用意されており、大佐の隣にひっそり座る羽目になる。

こんなに座り心地の悪い椅子は前世以来だ。

「揃《そろ》いましたね」

会議の司会役は呆《あき》れたことにリトレイユ公だ。とんだ茶番だぞ、これ。

早くも帰りたくなってきたが、出席者の顔ぶれが尋常ではない。

まず第一師団の将帥たち。彼らは近衛師団でもあり、皇帝直属の軍隊だ。

それと帝国フィルニア教団の高位神官。法衣をまとった法学者らしき者もいる。

他にも帝室紋章官や侍従武官など、皇帝に仕える官僚たちも出席していた。

その中で居心地悪そうにしているのが、貴族の正装をした三十代半ばの男性だ。上着にジヒトベルグ家の紋章がある。それも当主の紋だ。

先代がキオニス遠征で戦死したので息子が相続したそうだが、彼がそうらしい。

要するに彼が今回の被告人代理、という訳だ。

彼もかなりの豪華メンバーだが、極めつけは上座に鎮座している人物だろう。

シュワイデル帝国皇帝、ペルデン三世。俺たち帝国軍人が忠誠を捧《ささ》げている……ということになっているおっさんだ。とりあえず一番偉い。

あまり賢そうにも覇気がありそうにも見えなかったが、そのペルデン三世が口を開く。

「ミンシアナよ、後は任せる」

誰のことだ？

一瞬混乱したが、そういえばリトレイユ公のファーストネームがそんなのだった気がする。

ファーストネームで呼ばれているということは、リトレイユ公が皇帝にかなり接近しているとみていい。こりゃ厄介だな。

リトレイユ公は皇帝に恭しく一礼し、それから一同に向き直る。

「キオニス遠征が失敗に終わったことは、帝国にとって悲しむべき事実でした。本来ならば交易都市ジャラクードを占領し、帝国領を拡大する第一歩となっていたはずなのにです」

全員の視線がジヒトベルグ公に注がれる。俺の席より居心地悪そうだな、あの席。

さすがに皇帝の面前で亡父の名誉を傷つけられては黙っていられなかったのだろう。ジヒトベルグ公が口を開く。

「お言葉ですが……」

「陛下の御前ですよ、ジヒトベルグ公」

リトレイユ公がやんわりと、だが鋭く制止する。

皇帝はといえば、冷淡な表情で知らん顔をしているだけだ。おいおい、ジヒトベルグ家は帝室に続く序列第二位だろ。助けてやれよ。

俺は先代のジヒトベルグ公が嫌いだったが、さすがにちょっと気の毒になってくる。彼の息子には何の罪もない。

リトレイユ公は一方的に会議を進行していく。

「キオニス遠征軍の総兵力は六万二千。そのうち帰還した兵は二万足らずに過ぎません」

なんか数字盛ってない？　たぶん遠征軍は五万ちょうどぐらいだぞ。

「帝国軍の最精鋭が三分の一以下に減らされてしまいました。重大な損失です」

別に最精鋭じゃないだろ。寄せ集めだったし。

ジヒトベルグ家に責を負わせるために、リトレイユ公は無理矢理に事実をねじ曲げている。

とはいえ、平民の下級将校に過ぎない俺は黙っているしかない。

……と思っていたら、急に話がこっちに向いてきた。

「この損失について検証するため、第六特務旅団の旅団長と参謀に同席を願いました。彼女たちはジャラクード会戦に参加し、無事に帰還できた数少ない部隊です」

本当は「数少ない部隊」ではなく「唯一の部隊」なんだが、どうせまた嘘《うそ》の報告をしてる部隊がいるんだろう。もういいや。

「メディレン旅団長閣下。この悲劇の惨敗がなぜ起きたのか、実際に最前線で戦った将校として見解をお願いいたします」

リトレイユ公にそう言われたアルツァー大佐だったが、彼女は涼しい顔をして首を左右に振った。

「私は軍の統制が主な役目であり、軍事作戦の専門家とは言いがたい。それは私の参謀に質問してくれ」

ちょっと待ってくれよ。ここで俺に振るの？　確かに帝国軍の参謀は貴族将校の軍事顧問だけど。

みんなが俺を見ている。平民出身のしがない中尉を。

だからこういうのは事前に根回しとか打ち合わせしようよ。……いや、それをさせないために外部と接触させなかったのか。

まあしょうがない。俺は起立し、慎重に言葉を選びながら発言する。

「では小官が御説明いたします。ジャラクード会戦敗戦の原因分析、ということでよろしいでしょうか？」

「はい、それで結構です」

リトレイユ公が「にまぁ」と笑っている。よくあんな笑顔ができるな。

だが今はまだ、彼女の掌《てのひら》で踊る人形でいなくてはならない。俺は彼女が気に入るような説明を始めた。

作戦計画そのものに無理があったことを指摘すれば、皇帝の不興を買う。そこは避けねばならない。

じゃあもう戦術的敗北ということにしてしまえ。

「先代ジヒトベルグ公が会戦のために編み出した陣形……実態は古くから存在する斜線陣ですが、この陣形に大きな欠陥がありました。背後に回り込まれる可能性があったにもかかわらず、それを防ぐための騎兵戦力をジャラクード攻略に送り出してしまったのです」

皇帝の軍事的知識がどの程度のものかわからないが、ド素人だと思うことにして極力わかりやすく説明する。大事なのは皇帝に与える心証だ。

「その結果、我が軍は斜線陣の後背に回り込まれてしまい、迎撃もままならないままに本陣が急襲を受けました」

リトレイユ公が素早く口を差し挟む。

「はい、結構です。御苦労様でした」

この証言を得たかっただけか。俺は小さく溜息《ためいき》をつきながら着席する。溜息はせめてもの抗議だ。

リトレイユ公は得意げにまくしたてた。

「お聞きになったように、先代ジヒトベルグ公の作戦立案と指揮には致命的な欠陥がありました。これが敗戦の全てです。そうですね？」

いや、どっちかというとキオニス領に侵攻をかけたことが致命的な失策だったのだが……。しかし俺に何も言わせず、リトレイユ公はどんどん話を進めてしまう。

「皇帝陛下が御命じになられたキオニス征伐そのものに無理がないことは、各師団の参謀部が結論づけています。ジヒトベルグ家当主が元帥を務めるのも、キオニスと国境を接する領主ですから当然でしょう」

現ジヒトベルグ公が何か言いたげにしているが、皇帝がじろりと睨《にら》んだらうつむいてしまった。気の毒すぎる。たぶん俺、前世であういうの見たことあるぞ。

「果たすべき使命を果たせなかったジヒトベルグ家には、相応の責を負って頂かねばなりません。そうですね、陛下？」

皇帝は大儀そうにうなずいてみせる。何でもいいから早く会議を終わらせたい様子だ。その点だけは俺も同感だ。

「先のユイナー・クロムベルツ参謀中尉の分析は、帰還した騎兵たちの証言と一致しています」

帰還した騎兵？

リトレイユ公は俺をチラリと見て、薄く笑った。

「ジヒトベルグ元帥が出撃させた騎兵たちはジャラクード市街で壊滅的な損害を受け、生存者は捕虜となりました。強制的に邪教に改宗させられ、額には入れ墨で邪教の紋章を彫られました。その後に『勝者の慈悲』として送り返されてきたのです」

一見穏当な処分に見えるが、たぶん戦死してた方がマシな扱いだと思う。額に異教の聖印を彫られた職業軍人なんて、これからどうやって生きていけばいいんだ。

リトレイユ公は彼らには全く同情していない様子で説明を続ける。

「帰還した騎兵たちは皆、ジヒトベルグ元帥の采配の拙さや将としての無能ぶりを証言しています。皇帝陛下をお守りする近衛騎兵たちまでそのような扱いを受けたこと、ジヒトベルグ家はどのようにお考えですか？」

まだ若いジヒトベルグ公は唇を噛《か》み、自分よりもさらに年下の小娘相手にうなだれるしかない。

「まことに……面目次第もなく……」

こっちの胃がキリキリ痛んできたんだが。

しかしリトレイユ公はさらに追い打ちをかけていく。

「先代のジヒトベルグ公は陣中でも軍務を怠り、美女を侍《はべ》らせて酒池肉林に興じていたと報告されています。これはもう帝室への反逆行為と受け止めるしかないのではありませんか？」

これにはさすがのジヒトベルグ公もキッと顔を上げた。

「そんな!?　父上はそのような人間ではありません！　讒言《ざんげん》です！」

「おやおや、見苦しい言い訳を。現地で戦った者たちがそう報告しているのですよ？」

もう見ていられない。

俺は覚悟を決めて起立し、リトレイユ公と皇帝に敬礼した。

「小官も現地で戦った者として、先代ジヒトベルグ公について証言したく思います。よろしいですか？」

「あら、どうぞ？」

リトレイユ公が楽しげにうなずいたので、俺は皇帝に奏上する。

「戦死されたジヒトベルグ元帥閣下は部下の進言を聞き入れぬ頑迷な御方《おかた》であり、机上の空論で兵を論ずる将でした。我が旅団は女性ばかりであり、そのことを侮辱されたこともあります」

まあこれは事実だからいいだろう。

だが俺は語気を強めて続ける。

「ですが閣下の周囲に美女など一人もおりませんでしたし、閣下が酒や美食を嗜《たしな》んでおられるところも一度も見ておりません」

リトレイユ公があっけにとられた顔をしている。いい気味だ。いやあ、久々にスカッとしたな。前世分も含めて。

俺はリトレイユ公をほっといて、皇帝とジヒトベルグ公に向き直る。

「元帥閣下はジャラクード会戦の決着まで軍務に精励され、勅命を果たすために文字通り死力を尽くされました。実戦経験は乏しくとも、元帥閣下は忠勇なる帝国軍人です」

「なっ……!?」

リトレイユ公が絶句した。

第50話　御前会議（後編）

戦死した先代のジヒトベルグ公に対する事実無根の誹謗中傷《ひぼうちゅうしょう》。

こういった卑劣なやり方は、俺が一番嫌いなもののひとつだ。

それにリトレイユ公の悪巧みに乗るとはいえ、こんなことをしていたら後々まずいことになる。

俺はリトレイユ公がこの先何十年も安定した政治ができるとは思っていない。彼女はいずれ破滅する。

そのときに彼女の手先だと思われたままだと、俺たちは帝国内に居場所がなくなってしまう。

一線は引いておかねばならない。

だから俺はリトレイユ公に言ってやる。

「元帥閣下の作戦立案や戦場での指揮に不備があったのは事実ですが、元帥閣下が忠実に職務を遂行なさったこともまた事実です。あれが『悲劇』の惨敗なのであれば、悲劇の戦死を遂げられた方を侮辱するようなことはできないはずです」

ジャラクード会戦の敗北が「悲劇」だというのは、さっき彼女自身が言ったことだ。

俺は悲劇でも何でもないと思っているが、リトレイユ公は悲劇だと言ってるんだから自分の発言には責任を持ってもらおう。

リトレイユ公はしばらく黙っていたが、俺を見て物凄《ものすご》い笑顔になった。美人の笑顔は迫力があるなあ。

「え……ええ、その通りです。悲劇ですね、本当に」

何だか含みのある言い方だ。今この瞬間、彼女の「いつか殺す」リストに俺の名前が記入された気がする。怖い。

一方、ジヒトベルグ公は目を輝かせて俺を見つめていた。敵だらけの会議で吊《つる》し上げられているところに、思わぬ味方が現れたのだから当然だろう。

でもそんな熱い視線で俺を見ないでくれ。ハグされそうで怖い。

リトレイユ公はどうにかこうにか自分のペースを取り戻す。

「では、この件は事実無根の噂《うわさ》として処理すべきでしょう。ジヒトベルグ公の名誉を守らねばなりません。それはそれとして、ジヒトベルグ家には責を負って頂きますが。いかがでしょうか、陛下？」

こいつ凄いぞ。やはり希代の奸雄《かんゆう》というべきか。

するとようやく皇帝が口を開いた。

「キオニスとの戦は継続せねばならぬ。だがジヒトベルグ家に荷が重いのであれば、その任はリトレイユ家にも手伝わせよう。所領の一部をリトレイユ家に割譲し、第五師団の兵を置くがよい」

所領没収。領主にとってはメンツと収入源の両方を奪われる最大の屈辱だ。

さすがにこれは呑《の》めないだろうと思ってジヒトベルグ公を振り返ると、彼は深々と頭を下げていた。

「仰せのままに」

彼が今、どんな表情をしているのか俺にはありありとわかった。

父親を失った心の傷も癒えていないだろうに、こんな惨めな扱いを受けて辛《つら》いだろうな。

だが勅命は勅命。俺たちはあのパッとしないおっさんに忠誠を誓う帝国貴族と帝国軍人だ。俺も無言で頭を下げる。

ああ、退職してコーヒー屋でも開業したい。いやダメだ、ロズのヤツが入り浸る。

皇帝の沙汰が下り、こうして御前会議は無事に幕を下ろした。

×　×　×

「しばらくはあの女の掌《てのひら》の上で踊ると言ったばかりなのに、まったく無茶をする」

控え室に戻ったアルツァー大佐にそう言われ、俺は頭を下げた。

浅慮だったのは間違いない。

「申し訳ありません、閣下」

「参謀が作戦を守らないのは問題だ」

「返す言葉もありません」

すると大佐はニヤリと笑った。

「楽しかったか？」

「ええ、とても」

スカッとしたよ。前世でもあれぐらい言えたら気楽だったんだけどな。

大佐はおかしそうに笑いながらティーカップを置く。

「私は貴官の人柄や考え方を十分に理解しているつもりだが、それでもわからない部分はある。あの会議では貴官の『地金』を見てみたかった」

俺のメッキを剝がしてみたかった、ということか。

「で、いかがでしたか？」

「参謀なのが信じられないぐらいに、貴官は実直で不器用な男だな。今までよく生き延びてこられたものだ」

褒めてるの、それ？

大佐は困ったような、それでいて妙に嬉《うれ》しそうな顔をしている。

「貴官は祖国や帝室に対する忠誠心を持っていない。貴官は『自分の中の正義』にしか忠誠を誓っていないのだ。貴官が士官学校や第五師団で冷遇されていたのは、彼らが貴官の中に反逆者の素質を感じたからかもしれないな」

褒められてはいないらしい。

「だが貴官が世渡り上手のつまらん男ではなかったのが嬉しい」

どっちなんだよ。

「正直、リトレイユ公にあれだけ言われて黙っているような男なら、私は貴官との付き合い方を考え直していただろう。有能ではあるが仕事以外では親しくなれない男だ、となし」

結局どっちが正解だったんだ。どちらを選んでも仙人にしてもらえない杜子春《としちゅん》の気分だぞ。

俺がよっぽど変な顔をしていたのだろう、アルツァー大佐は謝る。

「すまない、気を悪くしただろうな。だが貴官がどちらを選んだとしても、その判断を尊重して今後の動きを決めるつもりだった。それぐらいの政治力は持っている。安心して無茶をしろ」

「頼もしい限りです」

要するに俺の向き不向きを考慮するため、大まかな方針を俺に決めさせてくれたということなんだな。ありがたい上司だ。一緒に仕事できて嬉しい。

仕事……。そういえば、この人さっき何て言ってた？

俺が大佐の発言を思い返す前に、彼女が口を開く。

「そして今後の動きだが、私の読み通りなら貴官にこれを渡しておいた方がいいだろう。すぐに役立つはずだ」

蜜蝋《みつろう》の封が捺《お》された封書を渡された。

「閣下、これは……？」

質問しようとしたとき、ドアがノックされる。

「クロムベルツ中尉殿、御面会です。こちらにお越しを」

誰？

廊下に出た俺は、警備の近衛兵《このえへい》がいなくなっていることに気づく。代わりに軍服姿の若い男が立っていた。さっきの声の主だろう。制服の色が違うから正規の帝国軍人ではなく、他家の侍従武官だ。

そしてもう一人。

さっき会議でさんざんな目に遭わされていた、ジヒトベルグ公だ。

彼は侍従武官に無言で目配せする。彼は俺と主君に敬礼して、離れた場所に引き下がった。

がらんとした廊下で、俺は帝国貴族筆頭の男と二人きりになる。

ジヒトベルグ公は少し気まずそうな顔をしていたが、意を決したように口を開いた。

「先ほどの会議、亡父の名誉を守ってくれたことに礼を言う。その、他家の平民との私的な会話は当家のしきたりに反するのだが、どうしても礼を言いたかった。父上もお許しくださるだろう。ありがとう、クロムベルツ中尉」

礼を言いに来たにしては随分な言い草だが、大貴族からすれば平民なんか虫と一緒だからな。貴族は立場がややこしいので怒る気にはなれない。

俺は敬礼で応じたが、俺にも俺の立場があるので一言言わせてもらう。

「元帥閣下は経験の浅い将であるにもかかわらず、参謀たちの意見を聞き入れずに大敗北を招きました。三万の兵が散ったのは、元帥閣下の責と認めざるを得ません。小官も四名の部下を失いました」

ジヒトベルグ公は俺の無礼ともいえる言葉に腹を立てる様子もなく、じっと聞き入る。

「すまん。父上は昔から頑固でな。嫡男の私の言葉さえ聞いてくれなかったのだ。専門家の言うことは聞くようにと、あれほど申し上げたのに」

あの爺《じい》さんはどうしようもなかったけど、この人は割とまともな感じだ。先代には悪いけど、代替わりして良かったんじゃないだろうか。

「正直、父上は父上自身の手で人生に幕を下ろしてしまったのだと思う。その巻き添えが三万の将兵というのは、私にも予想できなかったことだが……」

ジヒトベルグ公はうなだれ、それから顔を上げる。

「いずれにせよ、償いはせねばならぬ。まずは貴官からだ。貴官がいなければ当家は陛下の御前で面目を失し、どのような沙汰が下っていたかわからん。所領の一部没収程度で済んだのは貴官のおかげだ。何よりも父上の名誉を守ってくれた」

「それは感謝されることではありません。小官はただ、亡くなった者に対する礼儀を貫いたまでです。それに事実に反することが罷《まか》り通れば帝国が崩壊してしまいます」

先代のジヒトベルグ公のことは嫌いだが、嫌いなヤツだからこそ最低限の礼節は守りたい。あくまでも俺の都合だ。

しかしジヒトベルグ公はひどく感心した様子で俺をしげしげと見つめた。

「皇帝陛下の御前で、しかもあのリトレイユ公の不興を覚悟してそれが言える男など、私の家臣には一人もおらんよ。予想以上に豪傑だな。どうだ、第二師団に来ないか？　中尉にしておくのは惜しい。大尉、いや少佐として迎えるぞ」

この人、本気で言ってるぞ。

「佐官では不満か？　なら私の侍従武官はどうだ？　軍の指揮系統からは外れるが、師団長とも対等に話せる身分だ。当家の軍務を補佐し、私や息子たちに軍学の教授をしてくれ」

やばいぞ、やっぱりハグされそうな勢いだ。

「これは私の都合だが、他家の平民に借りを作ったままでは当主として面目が立たない。しかも貴官は肝の据わった男だ。当家に欲しい。もちろん貴官の旅団長には話を通す。どうだ？」

俺は根がお人好《ひとよ》しなので、こうも熱心に口説かれると断りづらいな。

だが凄く申し訳ないのだが、申し出は断らせてもらう。

「小官のような者に過分なお申し出、痛み入ります。ですが小官は大恩ある上司を置いてはいけません。どうか御容赦を」

「そうか……。いや、そうだな。すまない。借りを返すつもりが逆に困らせてしまったか」

ジヒトベルグ公は頭を掻《か》き、それからひどく人間的な親しみのある笑みを浮かべた。

「貴官が他家の人材なのがつくづく惜しい。だが借りは返したい。何か望みはないか？」

「それでしたら、城塞都市ツィマーの共同墓地に私の部下四名が眠っております。彼女たちの墓に花でも手向けてやってください」

さすがにジヒトベルグ公本人が墓参りすることはないだろうし、献花したところで死んだ人間が蘇《よみがえ》る訳でもない。生者は生者のために生きるべきだと思う。

だが一度死んだ人間としては、やはり死者を忘れてしまうことはできない。

ジヒトベルグ公はしばらく驚いたような顔をしていたが、やがて厳粛といってもいい面持ちで重々しくうなずいた。

「なるほど、貴官は死者の名誉を重んじる男なのだな。わかった、私自らが花を手向ける。貴官と彼女たちの名は当家の公文書に残し、敬意を払うよう末代まで伝えよう。ジヒトベルグの家名とフィルニアの神に誓う」

「感謝いたします」

俺は敬礼し、それから大事な用事を思い出す。

「これをお渡しするよう、大佐から頼まれておりました」

「ん？　これは……」

俺の差し出した封書を見て、ジヒトベルグ公は顔色を変えた。


『逆襲の狼煙《のろし》』


ジヒトベルグ公は廊下を歩いていく。側近の侍従武官が影のように後をついてきた。

「御前、ずいぶん無茶をなさいますね」

「どうしても彼に礼を言いたくてな。あの男は知謀だけでなく、人徳と度胸まで備えた逸材だ。第六特務旅団が生還したのも道理だ。部下に欲しかったな」

「でしたら封書は受け取っておいた方が良かったのではありませんか？」

「ああ、そのことか」

ジヒトベルグ公は歩きつつ、周囲に誰もいないのを確認する。

「あれはそういうものなのだよ。開封したところで時候の挨拶文しか書いていない」

「ではいったい？」

側近の困惑ぶりにジヒトベルグ公は苦笑した。

「封の蜜蝋には妙なズレ方をした印章が捺してあったが、その印章の傾きとズレに秘密がある。五王家でも知っている者の方が少ないぐらい、古い古い暗号だ」

「よくご存じで……」

「さすがに当主が知らんのでは話にならんからな。嫡流は覚えるべきことが多すぎる」

ジヒトベルグ公は溜息《ためいき》をつくと、声を潜めて続けた。

「だが、おかげで次にやるべきことが見えてきた。ただちに本領に戻るぞ」

「かしこまりました。……何をなさいますか？」

「ミルドール家に使いを出す。詳しい事情はまだわからんが、当家の古き盟友が事態を打開する鍵を握っているようだ」

アルツァー大佐の封書には、大きく右に傾いた印章が下にはみ出す形で捺されていた。

この印章のズレは通常、以下の意味を示す。

——盟友を頼れ。

第51話 忍び寄る影

俺は控え室に戻って大佐に報告する。

「手紙は受け取ってもらえませんでした」

「ではおそらく、こちらの意図は伝わったな」

どういう意味？

俺は不思議に思ったが、少し考えて何となく理解する。

「もしかして手紙の中身は重要じゃないんですか？」

「そう、その通りだ。まったく貴官は読みが鋭いな」

嬉《うれ》しそうだなあ。

大佐はソファに深々と腰掛け……軽いから深々とはいかないのだが、とにかく寛《くつろ》ぎながら笑う。

「手紙の中身はダミーだ。蜜蝋《みつろう》の封をする印章に秘密がある。傾きとズレが暗号になっているのだよ。平民はもちろん、貴族でも五王家の嫡流周辺しか知らないだろう」

「そういうことでしたか」

そういや大佐はメディレン家の先々代当主の実子だ。嫡子ではないが、父親から教えてもらっていたのだろう。

それにしてもうまい方法だ。

重要な手紙ほど、敵の手に渡ったときは逆に窮地を招いてしまう。だから敵には気づかれず、味方にだけ情報が伝わるようにあれこれ知恵を絞ることになる。

そこで手紙の文面には意味を持たせず、蜜蝋の封印などに情報を持たせた訳だ。

これなら敵の手に渡っても一般人には理解できないし、仮に内容を知られても「蜜蝋の封印にそんな意味がある訳ないでしょう」としらばっくれることができる。

なんだか忍者みたいだ。

大佐はチラリと俺を見る。

「蜜蝋の封については家中でも極秘扱いで、親友や譜代の家臣にすら一度も教えたことはない。今回は貴官を特別に信用して教えた」

「光栄です。もちろん誰にも口外しません」

「うん。……もう少し喜んでもいいんだぞ？」

「大変喜んでいます」

大佐がなんだか不満そうな顔をしている。俺はどんな顔をすればいいんだ。

話題を変えよう。

「それで閣下、ジヒトベルグ公に何を伝えたんです？」

「ミルドール家と連携するよう勧めた。あそこはリトレイユ公がブルージュ公国と内通している事実をつかんでいる。ジヒトベルグ家と情報共有すれば政治工作は格段に進むだろう」

なるほど、自分は動かずに反リトレイユ勢力を結集させる訳か。

「閣下はあくまでもリトレイユ公の手駒のまま、という感じですか」

「そうだな。彼女は味方が少ない。私が協力の姿勢を見せている限り、あからさまな敵対はしてこないだろう。打算的で読みやすい」

大佐はそう言い、またしてもフッと笑った。

「一番読みづらいのは、打算以外の理由で危険を冒す人間だ。貴官はその筆頭だな」

「御冗談を。小官は打算の塊です」

しかし大佐は笑ったままだ。

「皇帝の面前でリトレイユ公の顔に泥を塗った平民がか？ 貴官の打算は規模が大きすぎて、私などには理解が難しいな」

それを言われると反論できない。確かにあれは軽挙だった。

「リトレイユ公は私に危害を加えるほど愚かではないが、貴官は明確に排除対象として認識されただろう。貴官はリトレイユ公の想像以上に優秀で、しかも制御不能だった。彼女はそういう人物の存在を許さない。今後は身辺に気をつけろ」

大佐の言うことはもっともなので、俺は素直にうなずく。

「そうします。具体的にはどのようにしましょうか」

「旅団司令部に帰還するまで絶対に私のそばを離れるな。リトレイユ公とて私を巻き添えにするのは避けるはずだ」

リトレイユ公にとって、アルツァー大佐をここで殺すのは得策ではない。

ジャラクード会戦から生還した唯一の部隊を率いる名将で、未《いま》だに政治的中立を保つメディレン家との重要なパイプでもある。大佐を殺せばメディレン家が黙っていない。なんせ当主の叔母だ。

「ではお言葉に甘えて、おそばに居させていただきます……が」

「なんだ？」

「さすがに寝室まではお供できません」

「非常事態だ、気にするな」

気にするよ！

大佐はたぶん、自分が子供みたいな外見だから男に襲われないだろうとたかをくっているのだろう。

だがそうは言っても年頃の女性だ。俺の都合でそこまでしてもらう訳にはいかない。

すると大佐が俺を睨《にら》む。

「遠慮する必要はないぞ」

「いえ、遠慮します」

「じゃあもう命令だ。私と同室で寝ろ」

「同室までは必要ないですよね？」

さすがに同室は勘弁してもらったが、結局そのまま大佐の客室で寝ることになった。貴賓用の客室には応接間や書斎や遊戯室まであり、寝る部屋ならいくらでもある。

その夜、俺は寝室に引っ込む大佐がこうつぶやくのを確かに聞いた。

「堅物め……」

聞こえないふりをして、応接間のソファで毛布を被《かぶ》る。

俺は大佐のことが好きだけど、女性として好きなのか自分でもよくわからないんだよ。

応接間の隣には従者用の控え室があり、旅団の兵士たちは全員そこで雑魚寝《ざこね》だ。

俺は将校だから別のフロアに個室が用意されており、そっちも結構いい感じではあったのだが、今回は諦めることにする。

だがこのソファも官舎のベッドに比べたら豪華だ……。

×　×　×

その夜、俺は夢を見ていた。

場所は電車の中。前世の通勤電車だろうか。記憶がおぼろげで思い出せないが、少なくとも車窓の風景は全く違うだろう。窓の外は人魂《ひとだま》のような炎が揺らめく漆黒の闇だ。

──まだこんな夢を見ているのか。

俺にそう語りかけてきたのは黒衣の人影だ。フードを被っていて顔は見えなかった。他に乗客はいない。

そういえばこいつ、俺の夢にいつも出てくるんだよな。そして光源がどこにあろうとも、こいつの顔だけは絶対に見えない。

しょっちゅう夢に見てるのに、起きると忘れている。

今夜こそは覚えておきたいが、たぶん無理だろう。

俺はその微妙に死神っぽい人影に返事をする。

『こんな夢を見せてるのはどうせお前だろう？　起きたところで悪夢だし、まったくロクでもないな、転生ってヤツは』

するとそいつは小刻みに肩を震わせた。笑っているのだ。

——起きたところで悪夢、か。その割には随分楽しそうではないか？

楽しくなんかないと言おうとしたが、そういえば最近は充実している気がする。

別にやらなくてもいい戦争だらけで気が滅入《めい》るが、それでも大佐やハンナやロズたちと一緒だと、まだ頑張ろうという気になれる。

しかしそいつは微《かす》かに低く笑う。

——だが気をつけることだ。二度目の生には二度目の死が訪れる。それがいつになるかは、お前次第だ。

『役にも立たない御忠告だな。生はかりそめの状態に過ぎない。俺の体を構成する炭素も水素も、宇宙や海中に漂っていた期間の方が遥《はる》かに長いはずだ。死は必ず訪れる』

俺が投げやりに返事をすると、そいつは器用に肩をすくめてみせた。

——ごもっとも、としか言いようがない。お前のような死生観を持っているヤツが一番手強《てごわ》いのだ。

おまけに命の使いどころを心得ている。

ゴチャゴチャうるさいヤツだ。

こいつが何者なのかは、ずっと気になっていた。

俺を異世界に転生させた超常の何かなのか。あるいは死神のようなものなのか。

それとも単に俺の無意識が作り出す、夢の中の虚像なのか。

俺には判断できないが、科学に敬意を払う俺としてはオカルトめいた推論はできれば避けたい。

ただ、俺が異世界に転生したのは事実だし、妙な予知能力を獲得したのも事実だ。

だから何なのかわからない。

『お前は何者だ？　どうして俺につきまとう？』

するとそいつは笑うのをやめ、背筋を伸ばして真正面から俺に向き直った。

顔はフードに隠れて見えない。

だがこいつのことは、とてもよく知っている気がする。

ヤツはフードに手をかけ、ゆっくりと脱ぎながら言った。

――その問いに答えよう。それは……。

×　×　×

不意に目が覚めた。部屋の中は真っ暗だ。

夢を見ていた気がするが、何だったかよく思い出せない。嫌なヤツと会っていた気がするんだが、どうせ前世のクソ上司の夢とかそんなのだろう。思い出す必要もないな。

幸い、『死神の大鎌』は何も警告を発していない。今の俺に命の危機は迫っていないようだ。たぶん。

だが念のために俺はソファから滑り降りると、クッションに毛布を被せてそれらしく形を整える。それから両手用のサーベルをそっと抜き、鞘《さや》はソファに置いて毛布から端を覗《のぞ》かせた。遠目にはサーベルを抱いて眠っているように見えるだろう。見えるといいな……。

この応接間には俺しかいない。

貴賓用の客室は防犯と防諜《ぼうちょう》のため、窓の大半はガラス格子で開かない。開く窓には鉄芯入りの鎧戸《よろいど》がついているし、掛け金で施錠もしている。

一方、ドアは合鍵さえあれば開く。侵入者が来るとすれば、たぶんドアからだな。

そんなことを考えていると、ドアの方から「カチリ」という音が聞こえた。開錠の音だ。ガチャガチャと余計な音を立てなかったから、合鍵を使っている。

刺客かと思って警戒したが、『死神の大鎌』は反応しない。よくわからないが命の危険はないらしい。本当か？

この予知能力は何度も命を救ってくれたが、いつか裏切るかもしれない。俺は警戒態勢に入る。

俺は大きな書棚の陰に身を隠し、サーベルを胸の前で構えた。半身になって右肩を大きく前に出し、切っ先を攻撃方向に向ける刺突の構えだ。壁際ではサーベルを振りかぶることができない。

やがてドアの鍵穴から、カチリという音が聞こえた。

数十秒の……いや実際にはたぶん数秒の間を置いて、ドアが音もなく開く。

刺客なら間違いなく複数で来る。まず最初に一人、確実に殺しておかないといけない。

マスケット銃はそういう用途では申し分ないんだが、肝心なときに手元にないのが困る。

相手が本当に刺客か断定はできないが、他人の部屋へ真夜中に忍び込んでくる連中に容赦する気はない。

しかもここは五王家の者が宿泊する部屋だ。この場合、法令遵守上の対応は「問答無用で無礼討ち」になる。

コンプライアンスは大事だから殺した方がいいな。

だが気になるのは『死神の大鎌』が反応していないことだ。この状況で無警告とか逆に困るんだが。

幸い、ソファの上には俺のダミーが設置してある。初動を見てからでも遅くはないだろう。

ドアが開いた後、さらに数秒経《た》ってから誰かが室内に入ってくる。

殺すなら今だ。確実に仕留められる。

でもここ、皇帝の宮殿だしな……。迂闊《うかつ》な刃傷沙汰《にんじょうざた》は政治問題になる。

俺は息を潜め、そいつが次に何をするか見守ることにした。

第52話　切らずに切り抜けよ

俺はサーベルを両手で構えたまま、侵入者を静かに観察する。

今夜は月明かりもなく、室内に照明はない。真っ暗だ。だが暗闇に目が慣れていたので、かろうじてシルエットぐらいはわかる。小柄だな。

足音を忍ばせてはいるが隠しきれていないし、足取りは暗殺者や兵士のそれではない。この音、なんだかヒョコヒョコ歩いているようだ。格闘術や剣術の心得があるようには感じられない。

そして侵入者は一人。

やっぱり妙だな。敵地で隠密《おんみつ》活動をする場合、単独行動は非常に危険だ。周囲への警戒や退路の確保などには仲間が欠かせない。二人か三人で連携するのが普通だ。帝国士官学校でもそう習った。

どうにも変なのでもう少し様子を見ることにしたが、侵入者はソファを覗《のぞ》き込んでいる。やはり俺を殺しに来た刺客なのだろうか。

だけど、その割にはずいぶん悠長に観察しているな。さっさとやれよ。

焦《じ》れったい気持ちで物陰に潜んでいると、侵入者は結局何もせずに応接テーブルへと近づく。やっぱり刺客じゃないのかな……ますます自信がなくなってきた。

侵入者はテーブルの上に何かを置くと、そろそろとドアに向かって歩き出す。帰るつもりか。

見逃しても大丈夫そうだったが、もちろん見逃す訳にはいかない。ここはメディレン家当主の叔母が宿泊する部屋だ。招かれざる者には死を与えるのみ。

……なのだが、やっぱりいきなり殺すのは気が引けたので声をかける。

「動くな」

「ひゃっ!?」

若い女性の声だ。なんとなくそんな感じはしてた。

俺はサーベルを構えたまま、侵入者の前に立ちはだかる。

「ここをメディレン旅団長閣下の部屋と知っての狼藉《ろうぜき》だろうな？　覚悟はいいか」

「ままま、まっ、まっ！　待って！　待ってください！」

演技じゃなければ相当慌てているな。いやいや油断は禁物だ。

俺は正眼の構えでスススと間合いを詰めつつ、うろたえまくっている侵入者に問いただす。

「死にたくなければ所属と目的を言え」

「しょっ、所属は！　所属は、えと、あれです！　きゃっ、客室係です！　ほらこのリボンの色！　あっ、見えない！」

この宮殿のメイドさんか。暗くてよく見えないから判断できない。

「目的は？」

「これを！　じゃなくて、あれを！　膝掛けをお持ちするよう命じられまして！」

膝掛け……？

そんなもの頼んだ記憶はないのだが、こう暗いと確認もしづらいな。

そのとき不意に部屋が明るくなった。

「なんだ騒々しい」

寝室側のドアが開き、燭台《しょくだい》を持ったアルツァー大佐が顔を出す。彼女はスケスケのネグリジェみたいなのを着ていたが、今はそれは無視する。

「閣下、お気を付けください。侵入者です。合鍵を所持していました」

「侵入者じゃありません！　客室頭さんに『膝掛けをお届けしなさい』って言われただけなんですってば！」

でかい声で叫んだから、別のドアが開いて部下の兵士たちがぞろぞろ入ってきた。

「何事ですか、参謀殿!?」

「ふぁー眠い……」

「えっ、これどういう状況？」

「なに？　痴話喧嘩《ちわげんか》？」

「ああ、そこのメイドさんと大佐殿と参謀殿のなんかアレでしょ……眠い」

違います。

人と照明が増えたので俺は少し安心し、改めて侵入者を観察する。

確かにメイドだ。軍服姿の女の子たちがぞろぞろ出てきたので、さっき以上に怯《おび》えきっている。

衣服に不自然な膨らみはないし、短銃やナイフを隠し持っているようにも見えない。

「本当に侍女殿か？　合鍵はどうやって手に入れた？」

「客室頭さんが侍女長様から借りたんです。お起こししないように、そっとお持ちしなさいって。膝掛けを御所望なんですよね？」

「頼んだ覚えはないな」

どうやら襲撃ではなさそうだが、この珍事はどこかおかしい。

俺は侵入者への警戒を兵士たちに任せて、大佐の方を見る。

「閣下、これはいったい……」

すると大佐は少し考え込んでいたが、やがて納得したように苦笑した。

「ああ、なるほどな。そういうことか」

いつもと立場が逆なのがちょっと悔しい。一人で納得してないで教えてくれよ。

大佐は自称侍女の女性に声をかける。

「ここに来たのは客室頭の命で間違いないか？」

「は、はい」

「客室頭は誰の命令を受けたかわかるか？」

「いえ、私には全然……」

困惑しきった様子の侍女を見て、大佐は溜息《ためいき》をつく。

「だろうな。どうせあの女のことだ、間に何人か挟んでいるだろう」

俺は首を傾《かし》げる。

「これもリトレイユ公の策謀ですか」

「私はそう思う」

でも深夜に膝掛けのルームサービスなんかして、それでどうするつもりなんだよ。

いや待てよ。そうか、なるほど。

「昼間のやり取りで我々を警戒させておき、そこに不審な人物を送り込んで一騒動起こさせるという策ですか」

「そうだ。貴官相手に半端な暗殺が通用しないことぐらい、あの女とて理解している。特に今回は何の準備もしていなかったはずだから、まともな暗殺者を使うのは難しかっただろう」

大佐はそう言い、やや気の毒そうな視線を侍女に向けた。

「暗殺者と誤認されれば、侍女は問答無用で殺される。我が参謀のように修羅場をくぐり抜けてきた男なら、不審者など即座に返り討ちだ」

「しかしそれが丸腰の侍女だったら、大変な騒ぎになりますね」

俺が早とちりして侵入者を斬り捨てていれば、ここには丸腰のメイドの斬殺死体が転がっていたはずだ。

一介の客室メイドとはいえ、皇帝の使用人であることに違いはない。俺を逮捕する理由としては十分だ。

そして取り調べ中に「不幸な事故」が起きて俺は死ぬ。

そういう筋書きか。

要するに暗殺計画ではなく、失脚工作を仕掛けられた訳だ。これなら暗殺者をわざわざ皇帝の宮殿に入れる必要はない。手持ちの駒だけで足りる。

「陰湿な策ですね」

「だが効果的だな。むしろよく斬り捨てなかったな、貴官。私なら問答無用で斬ってしまっただろう。たいした見極めだ」

大佐がすっかり感心した顔をしているが、単に『死神の大鎌』のおかげだ。致命的な事態かどうかが予知できるので、ギリギリまで判断を保留できる。

俺はサーベルを鞘《さや》に収めつつ、何でもないような顔をしてみせた。

「たとえ無礼討ちだとしても、宮殿内で刃傷沙汰《にんじょうざた》はまずいですからね。小官でもそれぐらいの配慮はします」

「良い判断だ。あの女も貴官のそういう冷静さは見抜けなかったようだな」

なんだか嬉《うれ》しそうな大佐だ。旅団の子たちが呆《あき》れたような顔をしている。

一方、渦中の侍女は怯えきっていた。

「あの、私はどうなるんですか……？」

「侍女よ、私はメディレン家当主の叔母、アルツァーだ。どのような理由にせよ、私の寝所に無断で立ち入った罪は重いぞ」

「も、申し訳ございません！」

深々と頭を垂れる侍女に、スケスケネグリジェの大佐は鷹揚《おうよう》に応じる。

「だがまあ、皇帝陛下の使用人を処罰する訳にもいくまい。上司の命なら上司に聞くのが筋だな。客室頭に説明してもらおう。事情さえわかれば事を荒立てる必要もない」

度量の広いところを見せつけつつ、大佐は続ける。

「方法にはいささか問題があったが、膝掛けは確かに受け取った。もう帰って休みなさい」

優しく言って、侍女の手に銀貨を握らせる。チップにしては額が大きい。

「これは……」

「心付けだ。このような時間に届けさせたのだから、相応の礼はせねばな」

スケスケネグリジェのちっこい大佐は、そう言って男前に笑ってみせたのだった。

侍女が何度もペコペコと頭を下げて退出した後、裁縫の得意な兵士たちが膝掛けを検分した。

「参謀殿。やっぱりこれ、ただの膝掛けです。布と布の間に何かが入ってる感じもないですね」

「縫い目にも細工してないようですし……」

まあそうだろうと思ったよ。

「縫製品に密書を縫い込むのは常套手段《じょうとうしゅだん》だが、それなら俺たちが起きているときに持ってくるだろう。こんな夜中なら誰にも見つからないし、ドア下の隙間からメモを滑り込ませる方が早い」

リトレイユ公以外の誰か、例えばジヒトベルグ公あたりからの密書という可能性も多少はあったが、その線は薄そうだ。

俺は大佐に向き直った。

「やはりリトレイユ公の差し金のようですが、どうします？　本当に客室頭から事情聴取しますか？」

「一応はしてみるつもりだが無駄だろうな。さっきも言ったが、こういう依頼は間に何人か挟むものだ。

間に立った者が一人でも姿をくらませば、首謀者の解明は不可能になる」

さすがは五王家の一員、陰謀慣れしてる。

大佐はスケスケネグリジェのまま腕組みする。

「私の勘だが、客室頭とその上の侍女長までは真っ白だな。リトレイユ公の配下が侍女たちの指揮系統に介入し、存在しない指示を割り込ませた。だがその配下は痕跡を残さず消えているはずだ」

「参考になります」

「世辞が上手だな。貴官なら士官学校でこれぐらいは学んでいるだろう？」

「ええまあ」

敵の指揮系統に割り込んで混乱させるやり口は知っている。

できるかと言われたら自信はないが、敵が使ってきたときに対処する方法はいくつか学んだ。

……できるかと言われたら自信はないが。

大佐はふと優しい顔をして俺を見上げる。

「貴官の冷静な判断のおかげであの無辜《むこ》の侍女は死なずに済み、私も大事な参謀を失わずに済んだ。貴官が思うよりも遥《はる》かに危険な罠《わな》を仕掛けられたが、鮮やかに切り抜けたな」

「過分なお褒め、恐れ入ります」

早まってメイドさんを斬り殺していたら大変なことになっていた。

それにしてもリトレイユ公は悪辣な外道だ。先代のジヒトベルグ公を謀殺するぐらいだから、平民なんか何万人犠牲にしても平気なんだろう。

すると大佐が心配そうな顔をして俺の腕を撫《な》でた。

「そう怖い顔をするな。メディレン家の名誉にかけて、あの女の罪は地獄まで背負わせる」

「ありがとうございます」

俺はうなずき、それから大佐をじっと見つめた。

「閣下」

「ん？　なんだ？」

目をキラキラさせる大佐に、俺は毛布を手渡す。

「その格好では冷えます。暖かくしてください」

「……むう」

頬をぷうっと膨らませて、大佐は毛布を受け取った。

第53話 平民大尉と貴族社会

【欺瞞《ぎまん》の微笑《ほほえ》み】


宮殿を警護する近衛《このえ》大隊長は謹厳実直そのものの表情で、厳《いか》めしく敬礼した。

「お申し付けにより警備を強化しておりましたが、何も起こりませんでしたな。我々は失礼いたします」

「そうですね、取り越し苦労だったようです。お疲れ様でした」

上級貴族出身の大隊長にリトレイユ公は穏やかに応じ、彼と部下たちの退出を見送る。

それから紅茶を一口飲み、控えていた年配の従者に微笑みかける。

「ずいぶん粗末な茶だこと。もっと良い『茶葉』を取り寄せなさいな」

「申し訳ございません。『産地』を選んでいる余裕がございませんでした。それに……」

「何ですか」

白髪の従者は微《かす》かに口元を歪《ゆが》める。

「なかなかに難しいお客様でしたので、『おもてなし』がうまく参りませんでした」

「……それは認めましょう」

クロムベルツ参謀中尉。

平民出身で第五師団の日陰者だったが、軍功は抜群だった。命知らずの勇敢な軍人。

だが本人に出世欲や野心はなく、私生活も品行方正そのもの。他家の影響も全くなく、政治的には真っ白な男だ。

まさに使い捨てるにはうってつけの人材。

そう思っていたのだが。

「危険を嗅ぎ分ける嗅覚は戦場以外でも敏感、ということですね」

いくら勇猛な軍人とはいえ、下賤《げせん》の輩《やから》だから失脚工作には簡単に引っかかると思っていたのだが、予想以上に手強《てごわ》かった。

従者が質問する。

「新しい『茶葉』をお取り寄せいたしましょうか？」

「いえ、やめておきましょう。無理にお勧めしても無作法というもの」

謀略戦において不用意な攻め手は自滅の元だ。敵が隙を見せるまで待つ。

リトレイユ公には敵が多い。平民の中尉なんかにいつまでもこだわっている場合ではない。あの男の政治力などたかが知れている。

それに彼の上官であるアルツァー大佐の力を削《そ》げば、クロムベルツ中尉を警戒する必要もなくなるのだ。

「放っておけばいいのです。……そう、放っておけば」

だが妙に引っかかるものを感じて、リトレイユ公は逡巡《しゅんじゅん》する。

本当にこのままでいいのだろうか？

不安感は拭えなかったが、深追いしてアルツァー大佐との関係が険悪になるとまずい。これ以上は危険だ。

ここはいったん狩りを断念するべきだろう。獲物が隙を見せるまで待つべきだ。

「クロムベルツ中尉を大尉に昇進させるよう、皇帝陛下に進言します。第五師団長に連絡を取りなさい」

「はい、御前」

すかさず従者がペンとインクを取り出す。

上質の紙にサラサラとペンを走らせながら、リトレイユ公は尋ねた。

「アルツァー大佐からの手紙、ジヒトベルグ公は受け取らなかったのですね？」

「はい。宮中の衛兵たちからも証言を得ております」

「大変結構です」

リトレイユ公は蜜蝋《みつろう》の封印に意味があることを知らない。彼女は父親から家督を強奪したが、当主に必要な知識を継承していなかった。

「第六特務旅団が他家と接近する事態は防げたようですが、監視は続けなさい」

すると従者が首を横に振る。

「お言葉ですが、手の者が足りません。あのような僻地《へきち》では連絡員も必要です」

「では買収した農民どもを使いなさい。この様子なら監視は最低限で良いでしょう」

「はっ」

リトレイユ家といえども密偵には限りがあり、全方位に完全な監視網を張り巡らせることはできない。有能で信頼の置ける人材は貴重だ。

「当面はジヒトベルグ家の動向を監視しなさい」

「承知いたしました」

これでしばらくは大丈夫だろう。リトレイユ公は安堵《あんど》の溜息《ためいき》をつくと、手紙に香水を一滴垂らした。香りは文字にならないが、本人の証明になる。専門の調香師が秘密のレシピで調合した、特別な香水だ。

「ところで、私の『替えの服』はどこですか」

「今頃は『六番』に届いている頃合いかと」

「よろしい」

俺はアルツァー大佐と共に第六特務旅団の司令部に無事戻り、その直後に「キオニス戦役での戦功抜群と認め、大尉に任ずる」という辞令を受け取った。

なんだか今更なので、たぶんジヒトベルグ公かリトレイユ公の口添えだろう。

ジヒトベルグ公なら単純に恩返しだし、リトレイユ公なら俺を油断させるためだ。

リトレイユ公は俺を失脚させるのに失敗したので、もしこれが彼女の差し金なら俺を泳がせておく意図とみていい。

どちらにしても俺には何にもできないので、ありがたく昇進しておく。アルツァー大佐もニコニコだ。

「おめでとう、クロムベルツ大尉。今後ともよろしく頼む」

「お任せください、閣下。引き続き精勤いたします」

びしっと敬礼した後で、俺は苦笑する。

「できればキオニスから戻ってきた直後に昇進したかったですね。これは素直に喜べません」

そう言って俺はピカピカの階級章を眺める。中尉だった期間が短すぎて少し名残惜しい。なんだか位打ちをされているみたいだ。

すると大佐も苦笑いする。

「まあそう言うな。平民の身分のまま、二十代前半の若さで大尉になった者などほとんどいないぞ。若き俊英として帝国軍人たちの模範となるだろう」

「政治的な意図が見え隠れしてますから、模範にはなりそうにもありませんよ」

それに前世分と合わせるともう結構な歳《とし》なので、若き俊英と言われてもピンとこない。気分的にはそろそろ隠居したい。

そんな俺の心中を見抜いたのか、大佐が首を傾《かし》げる。

「貴官はときどき、私の亡父のような表情をするな。人生に疲れたか？」

「まあ、多少は」

この人、妙に鋭いから怖いんだよな。さすがは五王家の一門というべきか。人物眼がしっかりしている。

大佐はフッと微笑む。

「では亡父のように頼りにしているからな。亡父より長生きしろよ」

「努力します」

いや待て、大佐のお父さんって晩年に再婚してるから相当長生きしたはずだぞ……。

× × ×

それから俺はしばらく平穏な日々を過ごすことになった。今日も旅団長と幹部たちでミーティングをする。俺以外の幹部というと、だいたいロズ中尉とハンナ下士長だ。

大佐はどうやらハンナを平民女性初の将校にするつもりらしく、将校たちのミーティングにも積極的に参加させている。

ロズ中尉によると、政情はどんどん不穏になっているようだ。

「ミルドール家とジヒトベルグ家の間で水面下の動きがあるようだな」

「ええまあ……仰《おっしゃ》る通りです、閣下」

アルツァー大佐の問いかけに、ロズ中尉が困ったような顔をしている。

俺は大尉の階級章をちらつかせつつ、ロズに迫った。

「俺たちは階級が違っても友達だよな、ロズ中尉？」

「おいよせ、冗談に聞こえないぞ」

留守番役で昇進を逃したロズは、コホンと咳払《せきばら》いをする。

「義母上《ははうえ》から妻宛ての私信に、それらしい内容が多少ありました。これを」

ロズの奥さんはミルドール公弟の娘だ。従って実家からの手紙はミルドール家からの手紙、ということになる。

ただミルドール公本人ではなく、その弟の妻が娘の一人に宛てた手紙だ。

さすがにこのレベルになるとリトレイユ公も監視しきれないだろう。膨大な数になるのでリトレイユ家の諜報網《ちょうほうもう》といえどもカバーしきれない。

内容的にも娘や孫の様子を尋ねる、ごくごく普通の手紙だった。裁縫や育児のちょっとしたコツなど、娘を気遣う内容が温かみを感じさせる。

だがロズがわざわざ見せたということは、これにも何か仕掛けがあるに違いない。

案の定、アルツァー大佐が真剣な表情をしている。

「『緑の仕付け糸』……これは『ベルンゲン叙事詩』のアレだな。こっちの『金毛羊の刺繍《ししゅう》』はグスター大帝の逸話だろう」

つまり……どういうこと？

大佐は得意げな顔をして俺を見る。

「古典に通じた者にしかわからない暗喩だ。ミルドール公弟の奥方はエオベニアの後期王朝文学がお好きらしい」

よくわからないのでロズの方を見ると、彼も首を横に振っていた。

「俺が読んだことのある本は『辻占《つじうらな》いの冒険』とか『大商売記』とかだぞ」

庶民に人気のあるヤツだ。といっても貸本屋に通うような、かなり裕福な都市部の庶民だが。

ハンナも大きな体を縮こまらせて、申し訳なさそうに言う。

「私は五王棋《ごおうぎ》と砲術の教本しか読んでません……」

彼女は読み書きすら学ばずに軍隊に入ったから、むしろそこまで読んでいるのが凄《すご》いと思う。

とにかく俺たち平民にはわからない。

これだから貴族は嫌なんだよな。自分たちしか知らない身内ネタがあるから。

なるほど、これなら内通者や密偵には理解不能だろう。彼らのほとんどは平民だ。

「で、結局何なんです？」

平民トリオの代表として質問すると、大佐は若干険しい表情で答える。

「ミルドール家はジヒトベルグ家と積極的に情報交換をしているようだ。だがどうも少々不穏な気配がするな。ブルージュ公国やキオニス連邦を暗示する言葉が散見される。この陰謀からは距離を置いた方が安全そうだ」

思っていた以上にヤバそうな内容だった。他国の影がちらつく謀略となると、深入りは危険そうだ。

ロズが手紙をヒラヒラさせながら溜息をつく。

「貴族様ってヤツは、いろんな方法で意思疎通するんですな」

大佐はコクリと素直にうなずいた。

「そうだ。貴族と平民、上級貴族と下級貴族、一門と他家。ありとあらゆる方法で垣根を作り、余所者《よそもの》を遮断する。そして身内だけで利益を独占する。それが帝国貴族だ」

俺は平民の社会が野蛮すぎて好きになれないのだが、貴族社会も相当に歪《いびつ》そうだ。俺はどこに身を置けばいいんだろう。

ともあれ、俺はこう発言しておく。

「そしてリトレイユ公は現当主ですが、当主としての教育を受けていません。だから『当主筋が知っていることを知らない』のですね？」

「そうだ。例えばあの女はエオベニアの後期王朝文学など知らんだろう。帝国内では評価が低く、帝国貴族の基礎教養とはされていない」

シュワイデル人は自国の文化をやたらと持ち上げる傾向があり、他国の文化を一段低いものと見ている。隣国エオベニアの古典など読んでいる者は貴族でも少ないらしい。

「閣下はご存じなんですよね？」

「これでも文学少女のつもりだからな。だがエオベニアの王朝文学なら前期の方が好みだ。私は悲劇よりも明るい結末の方がいい」

どうやら後期王朝文学は悲劇が多いらしい。当時の世相を反映してたんだろうか。興味がある。

「興味がありそうな顔をしているな。翻訳本を貸そうか？」

「お願いします。できるだけ明るいヤツを」

「任せておけ。貴官なら『ウルカの亡霊騎士』か『魔弓の狩人《かりゅうど》』辺りが好きそうだな」

「それ本当に明るいヤツですか？」

「もちろんだ。どっちも凄くいいぞ」

大佐が急に御機嫌になったな。何なんだこの人。

それはさておき、リトレイユ公は少しずつ包囲網を狭められているようだな。このままおとなしく勢力を削がれていくとも思えないし、まだ何か起きるだろう。

「帝国の未来も明るい結末だといいのですが」

「少なくとも悲劇は回避せねばな。悲劇の主人公はあの女一人で十分だ」

俺の言葉に大佐がそう答え、俺たちは深くうなずいた。

閑話② 死神の弔問

俺はその日、メディレン領の地方都市シュレーデンを訪れていた。

理由はひとつ。

キオニス遠征で戦死した部下、レラ・シオンの戦死を遺族に伝えるためだ。

「参謀殿がそこまでなさる必要はないと思いますが……」

この悲しい出張に同行してくれたのは、かつて第一小隊長だったハンナだ。レラとも親しかったという。

「いや、俺が行かなきゃいけない案件だ」

アルツァー大佐が「これを伝えておくのは私の義務だろうな」と前置きして教えてくれたのだが、レラは俺に恋していたらしい。気づかなかったのが悔やまれる。悪いことをしてしまった。

前世も今世も人間関係で苦労してきたせいか、俺は純粋な好意を信じられなくなってしまっている。

表向きだけ上官に愛想良くするのは軍隊の常だ。

だが知ってしまった以上、俺には彼女に対する責任がある。

だから彼女の最期を看取った者として、戦死報告には自分で行くことにした。

「それよりも悪いな、こんな遠出に付き合わせて」

「いっ、いえっ!?　参謀殿のお役に立てるのなら光栄です！」

さすがに参謀大尉が一人で遠出する訳にもいかないので、出張の際にはこうして下士官と数名の兵士がついてくる。

帝国将校は常に衆目に晒されているので威厳を示さねばならないと士官学校で教わったが、俺には窮屈だ。

とはいえ、将校に威厳がないと兵士や市民が言うこと聞いてくれないからな。おかげで不本意な演出も必要になる。

「レラの出身地は近隣のシオン村のはずだが、実家の住所は本当にここで間違いないのか？」

「はい。母親が再婚して引っ越したとかで」

ハンナ下士長はみんなの世話役でもあるので、兵士たちの事情に通じている。

「あの家です」

ハンナ下士長が指差した先には、ごちゃごちゃした裏通りがあった。

ここは貧しい市民たちが暮らす、あまり快適ではない地区だ。何もかもが薄汚れて壊れかけている。

なんだか懐かしい光景だ。

小隊の子たちが、どことなく不安そうな顔をしている。

「都会だから綺麗かと思ってたんだけど、こういうとこもあるんだねえ」

「あるんだよ。裏路地に入ると何されるかわかんないよ。気をつけて」

「こういうとこに近づいちゃダメだって、死んだ父ちゃんがよく言ってたな」

僻地育ちのハンナが俺を振り返る。

「あの、参謀殿はこういう場所はお嫌いなんじゃ……」

「心配しなくていいよ。俺はこういう場所で育ったんだ」

前世はもっと清潔で治安のいいところで育ったけどな。

いずれにせよ、ここに女の子たちを長居させるのは気の毒だ。

「喪章はつけたな？　大勢で押しかけると迷惑だろうし、みんなは表で待っててくれ。警戒は怠るな。自衛のための発砲も許可する」

守るべき市民を警戒しなくてはいけないというのが、この国の軍人の悩みだ。軍隊なんてのは、敵より味方の方が厄介なんてことがザラにある。

俺がボロボロのドアをノックすると、中から酔っ払いのおっさんが出てきた。

「なんだぁ!?　払う金なんかねえぞ！」

うわ、酒臭い。

レラの実父は「銃の暴発事故」で亡くなっているらしい。

俺は実父の暴力に耐えかねて家族の誰かが射殺したんだろうと思っている。事故死に見せかけて家族を始末するのはよくある話だし、街の衛兵たちはそんな家庭内の事情にいちいち立ち入らない。

何にせよ実父は故人なので、このおっさんは母親の再婚相手だろう。子連れの女性が一人で生きていくには辛い世界だが、あまり良い再婚ではなかったようだ。

酔っ払いは俺の軍服を見て一瞬怯んだが、すぐに喧嘩腰で怒鳴ってきた。

「おうおう、何だてめえ!?　気取ってんじゃねえぞ！」

「俺は陸軍第六特務旅団の者だ。レラ・シオンの母上にお会いしたい」

「あぁ!?」

「キオニス遠征でレラは戦死した。彼女の最期を看取った者として、母上にお伝えしたいことがある」

そう話しながら俺は室内をチラリと見たが、見事に荒れ果てている。

調理と空調に使う暖炉が全く手入れされていないし、埃まみれの床は酒の空瓶だらけだ。

まともな家庭生活が営まれていないことは一目瞭然だった。

すると飲んだくれのおっさんはゲラゲラ笑いだした。

「レラ？　ああ、マルザの連れ子か？　なんだあいつ、くたばりやがったのか。ほらみろ、女に兵隊ができる訳がねえ！　だらしねえヤツだ！」

こいつ撃ち殺してやりたい。

「母上はどこだ」

「なあおい、金よこせよ。兵隊が死んだら金払うだろ？」

室内には、レラの母親の私物らしいものが全く見当たらない。飲んだくれの再婚相手に愛想をつかして出ていったのだろうか。

だとしたら無駄足だったな。

そんなことを考えていると、酔っ払いが吠える。

「おい若造、俺を舐めんなよ!?　俺は第四師団の下士官だったんだ！　てめえみてえなガキより遥かに偉いんだからな！」

「大尉の階級章がわからない人間が下士官になれる訳がないだろう」

下士官たちは将校と接する機会が多いので、尉官や佐官の階級章を正確に判別できるのが最低条件だ。見落とすことなど許されない。

それに腰のサーベルを見れば、俺が将校なのは子供でもわかる。

この男にまともな判断力が残っていないのは明らかだった。理性のひとかけらまで酒で洗い流してしまったのだろう。

「大……尉？」

一瞬ギョッとした酔っ払いは、俺の襟章を見て真っ青になる。

「そ、それ大尉か!?　あんた大尉殿なのか!?」

「そうだ。ユイナー・クロムベルツ参謀大尉だ。レラ・シオンの母上はどこにいる？」

「ささ……参謀!?　大尉!?」

階級章ひとつで酔っ払いは急におとなしくなり、媚びへつらうような笑みを浮かべてぺこぺこし始めた。

「あいつなら半年ぐらい前に黙って消えたよ。めそめそ泣いてばかりの陰気な女でな、あんなのはこっちから願い下げさ。それでよ……金、くれるんだろ？」

無駄足だった。

「邪魔したな」

俺は酔っ払いを睨んで黙らせると、一方的にドアを閉めた。

ふと振り返ると、路地のあちこちの窓から視線を感じる。あまり好意的ではない視線だ。俺が見ると全員がサッと引っ込んだ。

　この国の貴族は嫌いだが、平民も好きにはなれない。

　だから俺には軍隊しか居場所がない。

　少し離れた場所で、ハンナ下士長たちが心配そうな顔をして俺を出迎えてくれた。

「御無事でしたか!?　何か怒鳴る声が聞こえてましたけど……」

「レラの母上は半年前に出ていったそうだ。家にいたのは再婚相手の酔っ払いだったよ」

「そうですか……」

　よくある話なので、みんな何も言わない。

　俺は無理して笑ってみせる。

「旅団長閣下にお願いして、レラの母上を捜してもらおう。メディレン家の力があれば、すぐに見つかるさ。さ、帰ろう」

「はい！」

　俺たちの家は第六特務旅団だ。

第54話　裏切りの香り

第六特務旅団司令部に冬が訪れた。俺がここに来て、ちょうど一年経《た》ったことになる。

この一年間で二度の出兵を経験したが、第五師団のときはもっと頻繁に戦場に出ていたので穏やかなものだ。

以前に第六特務旅団には戦力拡充の通達が来ていたが、諸々《もろもろ》の手続きがようやく終わって新兵たちがやってきた。メディレン領からやってきた女子志願兵だ。メディレン領には弱者の駆け込み寺となっているフィルニア神殿がいくつもあり、そこから紹介されてくるらしい。

帝国軍が身元の引受人になれば、周囲の虐待から逃れられる。おまけに赴任地はメディレン領外だ。追ってくる心配はない。仮に追ってきても旅団司令部には入れない。

そんな訳で、今回新たに百人ほどの女性がやってきた。これで二百五十人ほどの戦闘集団になるな。

ただ問題なのは、彼女たち百人はまだ素人だということだ。

「ここに来れば屋根の下で寝られるし、ご飯も食べさせてもらえるって聞いたんですけど……」

真新しい制服に身を包んだ女の子たちは、みんな不安そうにしている。

不安なのはこっちも同じなんだが、受け入れ側としては堂々としているしかない。

「その通りだ。第六特務旅団にようこそ。これから貴官たちには軍人としての訓練を受けてもらう。有事の際にはもちろん戦場に出る。給料と衣食住の保証は貴官たちの命の代価だと思ってくれ」

なるべく穏やかに言ったつもりだったが、これだけでみんな真っ青になってしまった。

ハンナが呆《あき》れたような顔をしている。

「参謀殿、何してるんですか」

「いや、まず説明をだな」

甘い言葉で死地に向かわせるのは不誠実だし、戦場で「話が違う」と文句を言われても困るんだ。

でもハンナは首を横に振った。

「怯《おび》えさせちゃまずいですよ……」

「俺もまさかこの程度で怯えるとは思ってなかった」

「参謀殿みたいな筋金入りの軍人とは違うんですから」

俺だって前世は普通の民間人だよ。

でもまあ、ここはハンナの意見を素直に聞いた方が良さそうだ。俺は軽く咳払《せきばら》いをしてごまかす。

「もちろん、我々も貴官たちを死なせるつもりはない。どんな状況からでも生き残れるよう、徹底的に鍛え上げる」

「参謀殿、参謀殿」

「なんだハイデン下士長」

ハンナが微妙な苦笑をしている。とうとう困るのを諦めたらしい。見放されたようだ。

「あの、せっかくなので私が続きをやってもいいですか？」

幼児をあやすような笑顔だ。俺をダメな子みたいに言うなよ。

ちょっと落ち込んでしまったが、ハンナの方が新兵たちの価値観に近いだろう。俺はうなずく。

「すまない、よろしく頼む」

「はい、お任せください」

ハンナはとても良い笑顔で敬礼して、それから新兵に向き直った。

「私はハンナ・ハイデン下士長です。砲兵隊で中隊長代行をしています。で、こちらの方がクロムベルツ参謀大尉殿です。第六特務旅団で二番目に偉い人です」

まあ……そうなるか。ロズはまだ中尉だもんな。

「参謀殿は怖く見えるかもしれませんけど、この旅団で誰かを殴ったことは一度もありません」

「殴る訳ないだろう」

俺は思わず呆れて言い返したが、新兵たちの反応が少し変わった。「えっ、そうなの……？」みたいな視線が俺に向けられる。

ハンナはニコニコしながらさらに言う。

「おまけに読み書き計算も丁寧に教えてくれますし、面倒見がいいんです。と言っても信じられないと思うから、詳しい話は後で古参兵の子たちに聞いてみてね」

まあ嘘《うそ》は一切ないので、古参の子たちも同じことを言うだろう。

それにしても、こんな保育園みたいな導入で本当にいいのか？ ここは軍隊だぞ？

だが考えてみれば新兵の子たちもいろいろあってここに来てるんだよな。書類上では紛れもない「志願兵」だが、他に選択肢がないから志願しただけだ。

俺は余計なことは言わずにハンナに任せることにしたが、照れくさいので制帽を脱いで頭を掻《か》く。居心地の悪さが凄《すご》い。

「参謀殿は旅団の子たちの味方だから、何かあれば命懸けで守ってくれます。実際に前の戦争ではサーベル一本で騎兵を斬り伏せて、みんなを守ってくれたんだよ」

まあ……嘘ではない。嘘ではないけど居心地がますます悪くなってきた。

そろそろ止めよう。

「ハイデン下士長、俺のことはいいから」

「ここからが本番なんですよ!?」

何の本番だ。やめなさい。

俺は暴走しかけている部下をなだめる。

「ありがとう、だが十分だ」

それから俺は再度新兵たちに向き直り、なるべく穏やかに語りかけた。

「新兵諸君は、まず軍隊の雰囲気になじんでくれ。どうしても合わない場合は軍を去って帰郷するか、神殿で働くという選択肢もある。無理強いしても満足には戦えないから、まずはお互いの相性を確かめよう。困ったことがあればハイデンたち下士官に相談してくれ」

最低限の教練を終えるまで半年ぐらいかな。その間に何割か脱落するだろう。

焦っても仕方がないので、人材育成はのんびりやることにする。

【陰謀の裏表】

教練場で新兵たちがクロムベルツ参謀の話を聞いている頃、旅団長室のアルツァー大佐は険しい表情をしていた。

「なるほど、事情は確かによくわかった」

「信じて頂けますか？」

そう微笑《ほほえ》むのは糸目の美女だ。

大佐は軽くうなずく。

「そういうことであれば同情するしかないな。我が旅団の兵士たちと何ら変わらない」

「ですが、あの方にもそう思って頂けるでしょうか」

「なんだ、そんな心配か」

大佐はフッと笑うと、窓の外を見た。

「私はあの男を帝国史上最高の参謀だと確信している。それが答えだ」

俺は新兵たちの基礎教練をハンナたち下士官に任せて、旅団長室にやってきた。大佐に呼び出されたのだ。

もうすっかり気安い間柄ではあるが、公私のけじめをつけてドアをノックする。

「クロムベルツ大尉です」

「御苦労、入ってくれ」

「失礼します」

ドアを開けて入室した瞬間、俺はギョッとした。

リトレイユ公がいるじゃないか。何で？　リトレイユ公が何で？

俺を失脚させ、たぶん亡き者にしようとしてた張本人だぞ。どうして大佐は事前に教えてくれなかったんだ？

俺は一瞬混乱するが、大佐への信頼感が俺を冷静にさせた。リトレイユ公がここに来ているなら、俺を呼び出すときにその旨を伝えてくれるはずだ。

ということは、この人物はリトレイユ公ではない。

俺は何でもないような顔をして、大佐に問いかける。

「来客中でしたか。この方はどなたです？」

「ほう……」

大佐が驚いたように目を丸くしたが、すぐにその目を輝かせる。

「やはり貴官は帝国史上最高の参謀だな」

話がよく見えないのですが。

見るとリトレイユ公そっくりの女性も驚いた顔をしていた。

「そんな、まさか……私がリトレイユ公ではないと一目で見抜いたのですか？」

いや、そういう訳ではないのですが。

どう答えようか迷ったが、ふと妙なことに気づく。

このリトレイユ公のそっくりさん、服装も髪型も顔もメイクも本物そっくりだが、匂いが違う。あの甘ったるい香水の匂いがしない。

リトレイユ公の香水はおそらく特別製で、転生後には一度も嗅いだことのない匂いだ。複雑で奥行きのあるフローラル系の香りで、「爛熟《らんじゅく》」という言葉がぴったりくる。

ただし転生前の記憶でいうと、トイレの芳香剤が一番近い。ちょっと高級なヤツ。

これは俺の前世が香水とは無縁だったせいなので、リトレイユ公はたぶん悪くないと思う。

一方、こっちのそっくりさんからも良い匂いがしたが、シトラス系に近い爽やかな香りだ。

こちらも前世では制汗剤などで馴染《なじ》みがあったが、この香りは転生後にも何度か嗅いだ。平民の富裕層にも普及しているヤツで、香水や抹香などの形で売られている。

今世の俺は嗅覚が鈍くなっているようなので、この違いはあまり気にしたことがなかった。コーヒーの香りもよくわからなくなってるぐらいだからな。

まあいいや、それを指摘しておこう。

「本物のリトレイユ公とは香水の香りが違います。それにリトレイユ公がお越しになっているのなら、旅団長閣下が私にそのことを伏せたまま呼び出すとは思えません」

俺の言葉に、二人の女性はそれぞれ違った反応を示した。

リトレイユ公のそっくりさんは、何やら考え込むような表情だ。

「やはり香水の違いは決定的ですね……。そのことは御前にも申し上げていたのですが、決して使わせて頂けなかったのです。以前からお気づきだったのですか？」

ちょっと待て。この話しぶりと出で立《い》ち《た》、どう見てもリトレイユ公の影武者だよな？

だが影武者は正体を悟られないことが大前提だ。この会話はおかしい。

一方、大佐は嬉《うれ》しそうだ。

「ふふ、論理的に考えればそうなるだろう。私が貴官に隠し事をするはずがないからな」

大佐はちょっと黙ってて。

俺は記憶を必死にたどり、リトレイユ公との初対面までさかのぼる。

そういえば最初に会ったときは、本物の香水の香りじゃなかった。てことはあのときから影武者と会っていたのか。

本物と会ったのは……。そうだ、旅団長室で最初に会ったときだ。香水の種類以前に、本物は香りがキツすぎるんだよな。

思い返してみると影武者と会ってる回数の方が多い。平民将校の相手なんか影武者で十分ということなんだろう。

そこまで考えた俺は、落ち着き払った口調で影武者にうなずいてみせた。

「最初に馬車の中でお会いしたときには、もちろんわかりませんでしたよ」

「では、いつからお気づきに？」

今だよ。今。

話の流れ的に本当のことが言いづらくなってしまったので、俺は微笑みながら答える。

「軍事機密です」

ごまかせたかな？

リトレイユ公の影武者は俺をじっと見つめていたが、やがて同じように微笑んだ。

「なるほど、アルツァー様がクロムベルツ様を信頼しておられる理由がよくわかりました」

何がどうわかったんだろう。不安しか感じない。やっぱり下手なごまかし方はよくないな。正直な参謀を目指そう。

そんなことを考えていると、リトレイユ公の影武者は背筋を伸ばして優雅に会釈した。

「クロムベルツ様。私はリトレイユ公の影武者で、本当の名はリコシェと申します。リトレイユ領出身の平民で、実家は髪結いをしておりました」

親戚とかじゃないんだ。それにしてもそっくりだな。

「私は最初、リトレイユ家の奥女中として召し抱えられたのですが、化粧の技術を認められて影武者に抜擢《ばってき》されたのです。背格好もほぼ同じですし、声や顔立ちも似ていましたので」

ああ、メイクで本物そっくりに近づけてるのか。

そこでアルツァー大佐がさりげなくフォローを入れる。

「彼女は聡明《そうめい》な人物で、やがて側近としても重用されるようになったそうだ。外見が似ているだけでなく、交渉事などの実務も任せられるからな」

確かに彼女からは知的な雰囲気を感じる。平民だとは思わなかった。

そしてリコシェは俺に深々と頭を下げる。

「不忠の恥を忍んでクロムベルツ様にお願い申し上げます。どうか私を主君からお守りください」

第55話『替えの服』たち

リトレイユ公の影武者が「主君から守ってくれ」と駆け込んでくるのは、どう考えても尋常じゃない。

政治闘争的には大変ありがたい展開だが、参謀としては罠《わな》を疑ってしまうぞ。

だがアルツァー大佐は笑っている。

「にわかには信じがたいだろう？　だがこれには理由がある。リコシェ、話してやってくれ」

「はい、閣下」

影武者のリコシェは素直にうなずき、俺を見て微笑《ほほえ》んだ。今さらではあるが、その顔で微笑まれると凄《すご》く怖い。

「私はリトレイユ公の影武者、そして彼女の権力の代行者として様々な場に顔を出しました。あの方はプライドが高いので、謝罪や要請……つまり人に頭を下げなければならないときに私をお使いになるのです」

なんていうか、それは君主としてダメなヤツじゃないかな。そういう大事な用件を他人任せにしてしまうと、肝心なところで足をすくわれかねない。

俺が考えたことを見抜いたのか、大佐が苦笑している。

「貴官が何を考えているかはわかるぞ。だが話を聞いてやってくれ」

「わかりました」

考えてみれば実際に足をすくわれてるよな。影武者が離反しちゃってるんだから。

リコシェは続ける。

「リトレイユ公の影武者として謝罪や要請を行うには、かなり深い事情を知らなければなりません。また、そういった場でさらに深い事情を知ることもあります。そのうち、それが恐ろしくなってきました」

なるほど、「知りすぎてしまった影武者」というヤツか。漫画とかでは最後に消されるのがお決まりのパターンだ。

影武者は本人に成りすますことができる上に、存在が非公表だ。秘密裏に消される確率は格段に高くなる。

俺が少し気の毒な気持ちで聞いていると、リコシェは苦笑した。

「そんなに同情していただけるとは思いませんでした。続けてもよろしいですか？」

「ああ、どうぞ」

俺、そんなに同情してる表情だったのか？

ちらりと大佐を見ると、彼女も苦笑していた。

「私は貴官のそういうところを一番頼もしく思っているぞ」

「恐縮です」

ふと見ると、リコシェと大佐が視線を交わして微笑んでいる。お人好《ひとよ》しの参謀だって思われてるんだろうな。

リコシェは前よりも打ち解けた雰囲気で説明を続けた。

「リトレイユ公は平民を軽蔑していますし、決して信用しません。実は私以外にも影武者がいたのですが、全て処刑されています」

処刑とは穏やかじゃないな。しかしなぜ？

「私が影武者になったときはまだ他に二人いたようなのですが、一人は敵対者の襲撃を受けて顔を斬られ、大きな傷を負いました。用済みとしてその場で処刑されたそうです」

リトレイユ公と違う顔になってしまった以上、もはや生かしておく価値はない……ということか。恐ろしい。

「もう一人の影武者とは顔見知りだったのですが、うっかり『もう完全に御主人様の代わりを務められますよ』と言ってしまい、処刑されたそうです」

確かにリトレイユ公は、そういう発言を許さないだろうな。しかしなんでそんな無謀なことを言ったんだ？

「その影武者は忠誠心が高く、リトレイユ公の役に立てることが嬉《うれ》しかったようなのですが、リトレイユ公にはその心は通じなかったようですね。忠誠を捧《ささ》げるに値しない主君だった、ということです」

リトレイユ公も怖いけど、この人も怖いな……。

リコシェの言葉が真実だという保証はないが、リトレイユ公の器が垣間《かいま》見えるエピソードだ。彼女に人の上に立つ資格がないのは明らかだし、信憑性《しんぴょうせい》がある。

リコシェは淡々と続ける。

「これ以上、リトレイユ公に影武者を増やさせては死人が増えるだけだと思いました。そこで私は唯一無二の影武者となるよう努力し、さらに処刑されないよう細心の注意を払って今日まで生き延びてきました」

もし本当なら壮絶な人生だ。リトレイユ公の暴虐の犠牲となった者は大勢いるが、かなりの上位者だろう。同情するしかない。

「一方、アルツァー様にはリトレイユ公の影武者として何度もお会いし、次第にお人柄を尊敬するようになりました。それにこの旅団では私と同じ平民女性が良い待遇で暮らしていますし、羨ましくなったのです」

あー……そりゃそうだよな。この旅団だって別にそんなに快適な場所ではないが、失言ひとつで処刑される影武者生活よりは遥《はる》かにマシだ。

俺は何か言わねばと思い、やや無理をして口を開く。

「なるほど、リコシェ殿は苦労されてきたのですね。信頼も尊敬もできない主《あるじ》に忠誠を誓う辛《つら》さ、小官もかつて第五師団で似たような経験を幾度もしたものです」

「はい。私のような者を信頼なさる時点で、人を見る目はお持ちではないと思いました。そのような方に大それた謀略など成し得られません」

痛烈な皮肉だ。だが本音だろう。

忠義者を処刑し、主君を見限った者を重用する。暗君のお手本だ。

だが俺は参謀なので、それでもまだいろいろ疑う。ここはしっかり検討だ。

リトレイユ公が影武者の本心を見抜いた上で、それでもなお利用しているという可能性はないだろうか？　彼女は有能な影武者だから、忠誠心がなくても他に替えがいない。

とはいえ、影武者が「いつどこで誰に会って、どんな話をしたか」を敵に流し始めたら、さすがに生かしておけないだろう。影武者自身が本物を暗殺しようとする可能性だってある。

いやいや、リコシェの裏切りそのものが偽りという可能性もあるな。偽情報を俺たちに信じ込ませるには強力な一手だ。

しかしこれにしても、別に影武者を使わなくても他の側近で同じことができる。離反しそうな人材には事欠かない君主だ。

影武者は存在を気づかれていないときが最も強いのだが、この計略は成否にかかわらず影武者の存在を相手に知らせてしまう。計略が成功すればまだいいが、失敗すれば大損だ。

人間を駒のようにしか見ていないリトレイユ公からすれば、「駒損」といえる一手だろう。そんな肝の太い奇策を打ってくる人物には思えない。

うーん……疑い始めるとキリがないが、ここはいったん信用してみるか。

疑って追い返したところで何の利益にもならないし、何よりも彼女が本当に助けを求めているのなら放っておけない。

士官学校でいろいろ教わったせいで、無駄にいろいろ邪推する癖がついてしまったな。

考えるのに疲れてしまったので、俺は制帽を脱いで苦笑いしてみせる。

「確かに納得できる話です。ただ疑うのが参謀の仕事なので、今もまだ混乱していますよ」

すると大佐が笑う。

「それを正直に言ってしまえるのが、貴官の面白いところだな」

「リコシェ殿の話は限りなく真実に聞こえます。素直に信じて彼女の手を取るのが人の道でしょう。ただ戦争そのものが人の道に反していますので……」

やらなくてもいい戦争で敵も味方も大勢死なせてきた身だ。今さら人の道など説けるはずがない。

俺の言葉に大佐は微笑む。

「先ほど少し話を聞いたが、私の知る限り、リコシェが提供してくれた情報に誤りはなかった。彼女の人柄は信用できそうだし、耳を傾ける価値はあると思う」

「閣下がそうお考えなのでしたら、小官はそれをお手伝いするまでです」

決断するのは司令官の仕事だ。参謀は計画を作って提案するだけであり、決定は全て司令官に委ねる。

大佐は大きくうなずいた。

「ありがとう。もちろん彼女も全ての情報を握っている訳ではない。彼女が我々に報告できるのは、自分が誰と会って何を話したかぐらいだ」

それだけでもリトレイユ公を追い詰めるだけの力はあるだろう。

リトレイユ公の影武者による裏切り。

謀略戦において勝利を確信できるほどの一撃だ。

だがそれだけに全ての可能性を疑う必要はある。そんな都合のいいことがそうそう起きるはずがない。

しかし一方で、疑ってばかりでは影武者を味方に引き込めないというジレンマもある。こちらが半信半疑では、リコシェも裏切りを躊躇《ちゅうちょ》するだろう。

そのときふと、俺は『死神の大鎌』の力を思い出した。

そこで俺は心の中で、こう強く念じる。

（俺はリコシェを「全面的に信じる」ことにする）

もしこれがいずれ俺の命取りになるようなら、『死神の大鎌』が反応するはずだ。

幸い、特に反応はない。どうやら大丈夫そうだ。あくまでも「今のところは」だが。

あと俺以外の誰かが死ぬことについて『死神の大鎌』は一切反応しない。大佐やハンナたちが殺されようが反応しないし、俺が投獄されるような未来でも反応はしないと思う。

逆のパターンで検討してみよう。

（俺はリコシェを「一切信用しない」ことにする）

こちらの場合でも、やはり『死神の大鎌』は反応しなかった。要するにこれだけで俺の生死が決まる訳ではないらしい。……今のところは。

ちょっとがっかりしたが、そんな俺にリコシェが心配そうに声をかけてくる。

「あの、どうかされましたか？」

「ああいえ、少し考え事を」

「参謀殿ですものね」

穏やかに微笑むリコシェ。リトレイユ公のそっくりさんだが、物腰や言葉遣いの端々に優しさが感じられる。本物もこんな感じだったら良かったのに。

そうだな、やっぱり彼女を見殺しにはできない。罠かもしれないが、人として為《な》すべきことをしよう。

俺は大佐に向き直る。

「閣下、何としてもリコシェ殿を守りましょう。彼女は我が旅団の女性兵士たちと同じ境遇です」

その途端、大佐が嬉しそうな顔をした。

「どうだ、リコシェ。私と全く同じことを言ったぞ」

「……本当ですね」

どうやら俺が来る前にいろいろやり取りがあったらしい。二人で顔を見合わせて笑っている。

「クロムベルツ様のお言葉を聞いて安心いたしました。私の正体については、アルツァー様とクロムベルツ様、お二方だけの秘密でお願いいたします」

「わかった。誰にも言わないと約束する」

大佐もうなずいた。

「リコシェの身の安全を考えれば、それが最善だろうな。秘密を知る者が私一人では何かあったときに彼女を守りきれないが、あまり増やす訳にもいかないだろうし」

大佐はそう言うと俺に向き直り、真面目そのものの口調で命じた。

「本日をもって、我が旅団はリコシェの安全を守る。これはリトレイユ公から我が旅団を守るのと同じ優先度とする。これは旅団長命令だ」

「了解いたしました」

俺は敬礼し、それからリコシェに笑いかける。

「今日から小官もあなたの味方です。危険を感じたら、すぐにここに避難してください。あらゆる手を尽くしてあなたを守ります」

リコシェは落ち着いていたが、どこかホッとした様子で頬を赤らめている。保護の確約を得られて嬉しかったのだろう。この約束は必ず守ろうと心に誓う。

「あの……本当にありがとうございます。これからも末永く、よろしくお願いいたします」

リコシェはそう言うと、俺に深々と頭を下げた。

第56話　裏切者たちの斜陽

　リトレイユ公の影武者・リコシェを味方に引き込んだことで、俺たちはリトレイユ公の詳しい状況を知ることができた。

「現リトレイユ公ミンシアナは、弟が生まれる五年前までは先代の一人娘だった。五王家の宗家では男系相続が伝統なので、彼女の叔父や従兄弟《いとこ》たちが継承候補になっていたようだ」

　リコシェが帰った後、夕日が差し込む旅団長室でアルツァー大佐はそう話す。

　俺も国内政治の基礎知識として知ってはいるが、貴族社会は秘密や裏事情が多いので深くは知らない。

　大佐は続ける。

「だが妙なことに彼女の叔父は急死し、従兄弟たちも次々に当主の座を辞退した。何が起きたかは誰も知らないが、我がメディレン家ではミンシアナの政治工作があったと考えている」

　証拠を残さないのが彼女のやり方だという。

　ただ、強引なやり方は当然のように反発を生む。

「彼女の父は自分の代で女系になってしまうことをひどく嫌がったそうだ。だが他に継承権を持つ者がいないことから、仕方なく娘に家督を譲った。有力家臣や一門衆たちの一部が猛反発したらしいが、当主の決定では従うしかない」

　俺はそれを聞いて、ふと疑問を抱く。

「もしかして彼女に歳《とし》の離れた弟がいるのは、先代当主の対抗策ですか？」

「だろうな。適当なタイミングで姉から弟に家督を譲らせれば、リトレイユ家は男系のまま存続していくことができる」

五王家の持つ権力と資産は国家に影響を及ぼすレベルなので、相続をめぐっては骨肉の闘争が繰り広げられるらしい。

それを少しでも減らすために家督相続の序列や資格要件が厳密に定められているのだが、リトレイユ公はそれを逆手に取ってライバルを蹴落としたとみられている。

「弟のセリン殿がいつ成人するかによって、政局は大きく変わる。一般的には十代半ばだな。成人前の彼には契約を結ぶ権限がないし、子を作ってもその子は嫡流とはみなされない」

子を作るって。

「……早すぎませんか？」

「未婚の嫡男との間に子を作って、それをネタに財産を掠《かす》め取ろうとする者が多いのだ。実際には法的にも慣習的にも無効なのだが、それを知らない女中などがやる」

幼い若君をメイドが誘惑して……という感じか。嫌な話を聞いてしまった。御曹司も楽じゃないな。

「貴族様というのは大変ですね」

「なに、そういうときのためにどの家も法学者と神学者を召し抱えているからさほどでもないだろう。堕胎の専門家もな」

また嫌な話を聞いてしまった。あんまり深掘りしない方がいいぞ、この話題。

俺は必死に話題の修正を試みる。

「とにかくセリン殿はまだ子供として保護されている期間で、この状態であればリトレイユ公の地位は脅《おびや》かされないのですね」

「そうなるな。だが先代がセリン殿を早々に元服させようとするかもしれない。リトレイユ家には七歳で元服した先例があるそうだ。これは当主と嫡男が同時に戦死したからだが、何であれ先例があるのは強い」

「七歳というと、あと二年ですか……」

なるほど、リトレイユ公が性急な謀略を推し進める訳だ。さっさと地盤を固めてしまわないと、歳の離れた弟に全部持って行かれてしまう。

でも別に弟が家督を相続したところで、リトレイユ公が追放や処刑される訳でもないだろう。当主の姉なら一生安泰だ。

アルツァー大佐はメディレン家当主の叔母で、生活には困っていないし好きなことをやって暮らしている。

そんな俺の考えを見透かしたように大佐は苦笑する。

「彼女にしてみれば、一度手に入れた権力を手放すことなど考えられないだろう。彼女の自由は当主の権力によって守られている。世の中の人間が皆、貴官のように清廉だと思ってもらっては困るぞ？」

「承知しております」

とはいえ、命令をこなして給料をもらう生活を前世から続けている俺には、どうにも理解しがたい。職場の雰囲気が良くて給料がしっかり払われていれば、それ以上望んでも仕方ないと思うんだけどな……。

俺に政治力が皆無なのは、たぶんこんな考え方のせいだろうな。命の危機でも迫らない限り政争なんかやりたくもない。

大佐はそんな俺の顔を、困ったような表情で嬉《うれ》しそうに見ている。矛盾した表現だが、そうとしか言いようがない表情だ。

「まあいい、とにかくリトレイユ公の立場は複雑だ。家中も先代派と当代派で分裂していて、互いに牽《けん》制《せい》や調略を繰り返している。そのせいでリトレイユ公は領内からあまり動けないようだ」

「留守中に何が起きるかわからないのでは、対外工作の余裕はありませんね」

「そうだな。だからこそ領外で政治工作ができる影武者が必要だったのだろう。リコシェの努力はリトレイユ公の需要と見事に合致していた訳だ」

そう言って大佐は窓の外の夕日を眺め、そっと溜息《ためいき》をつく。

「おかげでリトレイユ公の陰謀が軌道に乗ってしまったのだが、リコシェにとっては生き延びるために必要だったことだ。皮肉なものだな」

有能な影武者を得たことで、リトレイユ公はそれを他家に派遣して政治工作を行うようになった。

しかもリコシェはリトレイユ公と違って、他者への思いやりがある。

彼女の気配りや思いやりは全てリトレイユ公の行いとして観測されるので、リトレイユ公の弱点を補う形になった。

俺は少し考える。

「この政争に時間をかけても良いのなら、リコシェ殿が離反した時点で勝負はついていましたね。彼女はリトレイユ公にとって最強の外交官ですし、リトレイユ公の人物面での評価も支えていましたから」

「確かにな。リコシェは『もう一人のリトレイユ公』と言って差し支えない存在だ。彼女が裏切ればリトレイユ公は家中の政争で手一杯になり、他家への干渉力は徐々に弱まるだろう。だが貴官も条件をつけているように、時間をかける余裕はない」

大佐は険しい表情で腕組みした。

「既にジヒトベルグ家とミルドール家はリトレイユ公を潰すつもりで動いている。両家は政治力も軍事力も衰え、もはや自力では隣国との領土紛争にも対処できない。となれば性急で過激な政略も躊躇《ちゅうちょ》しないだろう」

「帝国の西半分がその有様というのは困ったものです」

かつての大帝国も領地を磨《す》り減らされ、すっかり衰えてしまっている。これ以上ガタガタになったら俺の給料と寝床すら危うい。おまけに旅団の女の子たちを守ることもできなくなる。

「では閣下、二年……いえ一年以内に決着をつけるおつもりですか？」

「さすがに貴官は察しがいいな。その通りだ。今の状況が長引くとキオニス遠征の惨劇が繰り返されることになる」

大佐はそう言い、そっと声を潜めた。

「ミルドール家が今、メディレン家の仲介で帝室に接近している。リトレイユ公がブルージュ公国に攻城砲を提供した件を告発するそうだ」

敵国への内通となれば、さすがにあの皇帝も知らん顔はできないだろう。放置すればミルドール領が危うい。

最悪の場合、ミルドール家がブルージュに降伏してしまう可能性もある。そうなればミルドール家は帝室の敵だ。

でもあの皇帝、ボンクラっぽい感じなんだよな……。

「それで帝室が動いてくれればいいのですが、あの偉大なる皇帝陛下が正しい判断を下せるかどうかが問題です。参謀としては次の手を用意すべきかと」

「貴官は皇帝に対しても容赦しないな。だが私も同意見だ」

大佐は苦笑し、俺に言う。

「この告発が失敗に終わった場合、ミルドール家は追い詰められるだろう。貴官はどうなると考えている？」

「私がミルドール公なら転生派に改宗してブルージュ側に寝返りますね。ブルージュも元は五王家の一員でしたし、悪いようにはしないでしょう。……何か？」

アルツァー大佐が目をまんまるにしているのが可愛《かわい》かったので、俺は首を傾《かし》げる。

彼女はしばらく驚いた顔のままだったが、急に笑いだした。

「ぷっ、あはははは！　面白いな、貴官は！　実は私も同じことを考えていたのだが、言い出すのが不安でな。貴官の考えを先に聞きたかった」

ブルージュ家の裏切りは歴史の闇に葬り去られており、その事実を知る貴族たちでさえ「あんなことは二度と起きない」と本気で信じている。そう教育されるからだが、「起きない」と「起きてはいけない」は全く別の話だ。

しかし実際には寝返りなど日常茶飯事だ。条件さえ揃《そろ》えば何度でも起きる。

大佐は御機嫌な表情で声を弾ませる。

「よしよし、貴官が私と同じ考えで安心したぞ。私の考えは決して妄想ではなかったな」

いや、二人そろって妄想してるだけという可能性もあると思います。

しかし大佐はよっぽど嬉しかったようで、興味深そうに俺を見つめてきた。

「なぜ貴官はミルドール家が寝返ると踏んだ？」

「以前に閣下から教えて頂いた情報が確かなら、ミルドール家はおそらくブルージュ家と何らかの裏取引をして証拠を得たのではないかと思います」

リトレイユ公とブルージュ公国の間に密約が存在するなら、ブルージュ公国にはその証拠がある。陰謀告発の材料はブルージュ公国から入手するのが一番手っ取り早い。

ミルドール家とブルージュ家は領地をめぐって戦争を続けているが、一方で戦争を激化させないための方策も用意しているだろう。欲しいのは血ではなく領地だ。共倒れになっては意味がない。

外交交渉を行うためのパイプは絶対にあるはずなので、それを通じてリトレイユ公を告発する証拠を揃えた可能性が高い。

一方、ブルージュ公国にとってはリトレイユ公も敵だから失脚しても困らないはずだ。帝国に内紛が起きれば都合がいいから、せいぜい高く売りつけるだろう。

もっとも、ブルージュ公国は同じ転生派の隣国であるアガン王国とも不仲だ。隣国というものはだいたい仲が悪い。

そういう意味では、リトレイユ公が失脚するとブルージュ公国は対アガン工作がやりづらくなるかもしれないな。リトレイユ家はアガン王国と戦争を続けており、ブルージュにとっては「敵の敵」になる。

この辺りは山奥暮らしの参謀大尉には読みきれないので、あまり深読みはしないことにする。わからないものを無理にわかろうとすると誤った推論をしてしまう。

「確実なのはミルドール家は非常に追い詰められているということです。告発が失敗すれば帝室とリトレイユ家が完全に敵に回り、味方はジヒトベルグ家だけになります」

「そうなんだ。だが頼みの綱のジヒトベルグ家は、キオニス遠征の大敗で発言力が地に落ちている。もう打つ手がない」

「ええ。後はブルージュと手を組むしかないでしょう。先々代ブルージュ家はもともと五王家の一員ですし、当時の政略結婚で共通の先祖がいます」

もちろんそう簡単に和解する気にはなれないだろうが、お互いに帝国内や転生派諸国内で苦境に立たされている。土壇場になれば為政者として決断するはずだ。

大佐は俺をじっと見ている。

「さて、リトレイユ公はどう出るかな？」

「帝国のために殉じるような人物ではありませんから、ミルドール家が寝返っても知らん顔でしょう。

帝室はそうもいかないでしょうが」

大佐はすぐにうなずいた。

「ではリトレイユ公と皇帝の間に楔《くさび》を打ち込めるな。ただちに政治工作を始めるとしよう。その間、貴官は兵の教練と選抜を頼む」

「了解しました」

俺は敬礼した。

さあ、ますますきな臭くなるぞ……。

第57話 崩壊の序曲

そしてついに、ミルドール家がリトレイユ公を告発した。容疑はもちろん、ブルージュ公国との内通だ。告発の根拠となる文書や証言も帝室に送り付けたらしい。

もちろん帝国内に激震が走った。

「帝都は大変そうだな」

アルツァー大佐は俺の淹《い》れたコーヒーに砂糖をどばどば投げ込みながら、まるっきり他人事《ひとごと》の口調でつぶやいた。

俺も他人事なので、コーヒーの方が気になって仕方がない。

「閣下、そんなに砂糖を入れたらコーヒー本来の味わいが消えませんか？　コーヒーには焦がした砂糖のような、ほのかな甘い香りがありますす」

「貴官はなんでコーヒーだけそんなに口うるさいんだ」

そりゃ前世の記憶だからな。今の嗅覚ではあまり感じられないのが残念だ。

アルツァー大佐は飽和水溶液の実験並みに砂糖を放り込んだ後、ようやく笑顔でコーヒーを飲む。俺の中ではあれはもうコーヒー色の砂糖水だが、楽しみ方は人それぞれなのでこれ以上の口出しはやめておく。

大佐はフッと笑う。

「不満そうだな？」

「コーヒーについては諦めていますが、ミルドール家の告発については不満がありますね。どうせ偉大なる皇帝陛下は『慎重な判断』をなさったんでしょう？」

あの皇帝……ペルデン三世という平凡そうなおっさんは、リトレイユ公を信頼しきっている。

序列第二位のジヒトベルグ家はキオニス遠征で歴史的惨敗、三位のミルドール家はブルージュ軍の侵攻で大損害を受けた。

そして四位のメディレン家は日和見《ひよりみ》を決め込んでいる（ように見える）とくれば、リトレイユ家への信頼が増すのも当然だろう。

そのリトレイユ家は国境地帯でアガン王国と派手に戦い、辺境の領土を守り抜いている。

さらに対ブルージュ戦争のために兵力を提供しており、転生派諸国との争いになくてはならない存在になっていた。

アルツァー大佐はとびきり甘いコーヒーを飲みながら渋い顔をしてみせる。

「帝室から見れば、ミルドール家の言うことなど信用できないだろう。どれだけ証拠があろうとも、実績がなくては聞く耳を持たない。あの御仁はそういう性格だ」

俺はブラックコーヒーを飲みながら、湯気の向こうの大佐を見つめる。

「リトレイユ公のその『実績』に疑問符がついているんですから、お気に入りに対する告発であっても精査すべきなんですが」

「それができるような人物なら、戦死した先代ジヒトベルグ公の査問会など開かなかっただろう。死体に石を投げる王に期待などしない方が賢明だ」

「確かに」

この帝国が衰退の一途をたどっているのも、歴代皇帝が無難で凡庸な人物ばかりだったからだ。帝位継承をめぐって殺し合うほどの苛烈さはないが、その代わりに何事も先例主義で問題を先送りにする。

自分の代だけはどうにか持ち堪《こた》えさせて、少し疲弊して磨《す》り減った帝国を次の皇帝に手渡す。

近年の帝国史はそれの繰り返しだ。

俺はコーヒーを飲みながら、じっと考えた。

「メディレン公国、なんてのも悪くないかもしれませんな」

「大逆罪だぞ、口を慎め」

アルツァー大佐はそう言った後、だだ甘いコーヒーを飲み干す。

それから当たり前のような口調でこう返した。

「そのときは元帥をやってもらうからな」

「閣下の下で働けるのでしたらお引き受けしますよ」

「ほう、その言葉忘れるなよ？」

俺と大佐は互いに見つめ合って微笑《ほほえ》んだ。

そんな雑談をしていると、俺の部屋にロズ中尉が入ってくる。

「マスター、コーヒーを一杯頼む」

マスターじゃないんだが。というか、俺の方が階級が上なんだが。

「そこに余りがあるから勝手に飲め」

抽出した残りがあるのでロズに押しつける。

するとロズはカップを手にしたまま、深々と溜息《ためいき》をついた。

「義父上《ちちうえ》がミルドール公と仲違《なかたが》いした。……ということになっている」

ロズの義父はミルドール公の実弟で、主に財務を担当している。ミルドール門閥の副当主的な立場だ。

その実弟が当主と仲違いしたとなれば、やはりただ事ではない。

だが前後の事情がわかっているので、俺は単刀直入に尋ねる。

「門閥を割る準備か」

「そうなんだが、もう少し順を追って話させろよ。お前はいつも先を読みすぎるぞ」

「すまん」

ロズはまた溜息をついて説明を続ける。

「旅団長閣下、そこのできすぎる参謀が言う通りに事態が進行しています。ミルドール家はリトレイユ公がブルージュ公国と内通している証拠をつかみ、皇帝陛下に告発しましたが不首尾に終わりました」

「やはりそうか」

大佐が気の毒そうな表情でロズを見ると、ロズは頭を掻《か》く。

「逆に皇帝陛下からは厳しいお叱りを受けたそうで、ミルドール家はもう帝国内でやっていくのは無理だと判断したようです」

ロズの妻はミルドール公弟の三女だから、ロズ自身も一門衆に含まれる。俺は気が気ではない。

「ミルドール公はブルージュと手を組み、帝国を離脱することにしたんだな？　それで公弟殿下とお前たちはどうなるんだ？」

「おいおい、だから順を追って話すって言ってるだろう？　どこまでお見通しなんだよ、まったく」

ロズは苦笑しつつ、なぜかホッとした様子で続けた。

「ミルドール公は反皇帝派の門閥貴族たちを率いて、ブルージュ公国と連合王国を作ることにした。ただし転生派には改宗せず、両宗派の融和を目指すらしい」

「要するに転生派と安息派を都合良く使い分けるつもりだろ」

そううまくいくかな？　両派からボコボコにされそうな気がするんだが。

しかしロズは肩をすくめてみせる。

「それは俺にはわからんが、義父上は残留する門閥貴族たちの面倒を見ることになった。どれだけ疎まれようが帝国に留《とど》まりたい貴族は多いからな」

こちらもこちらで茨の道だ。当主が裏切り者になってしまうんだから、残留派のミルドール貴族たちは他家からさんざんな扱いを受けるだろう。俺なら離脱する。

だが俺はミルドール公弟の意図もなんとなくわかった。

「では公弟殿下は当主の命綱になるつもりだな」

「ん、まあそういうことだ。……お前、まさか誰かから聞いたのか？」

「参謀として憶測しただけだよ」

「やれやれ、これじゃ俺が報告するまでもなかったな」

ロズは笑いながら、すっかり冷めたコーヒーを飲んだ。

「すでにミルドール門閥の貴族たちはどちらに付くかをあらかた決めたようだ。国境地帯の領主たちは全員、ブルージュ側に寝返る。残る領地は半分以下だろう」

国境線が激変しちゃうじゃないか。しかも第六特務旅団の司令部にかなり近づいてしまう。閑職だと思ってたのに騙《だま》された。

俺は溜息をつく。

「また面倒が増えるな」

「なあに、そのためにこの旅団には優秀な参謀がいる」

あのな。

するとアルツァー大佐が笑う。

「シュタイアー中尉の言う通りだ。頼むぞ、クロムベルツ大尉」

「……はい」

それもこれも全部リトレイユ公のせいだ。あいつ絶対に許さないからな。

そういえば影武者のリコシェは元気だろうか。最近は本物も影武者も全く姿を見せなくなってしまい、ちょっと心配しているところだ。

影武者のリコシェは主君への報告のため、久しぶりにリトレイユ領に帰還していた。

本物と影武者が揃《そろ》ってしまうと影武者の存在が露見しやすくなるので、こういうときはレース地のベールを被《かぶ》って顔を隠すのがリコシェのやり方だ。

さらにこうすることで、主従の力関係を明確にできる。

本物は普段通りに。

影武者は存在を潜めて。

こういった様々な配慮によって、リコシェは今日まで生き延びてきた。

そして彼女は同じ顔の主君に、影武者としての報告をする。

「『人魚の王』に『貝殻』を要請した件ですが、未《いま》だ検討中との回答を頂きました」

リトレイユ公は符牒《ふちょう》を好む癖がある。彼女は側仕《そばづか》えの使用人たちにさえ心を許しておらず、彼らに聞かれても情報が漏洩《ろうえい》しないように気をつけているのだ。

「人魚」は海運が盛んなメディレン家を意味している。その「王」は当主のメディレン公だ。そして「貝殻」は「資金提供」を意味していた。

つまり今の報告を平文に直すと、次のようになる。

『メディレン公に資金提供を依頼した件ですが、未だ検討中との回答を頂きました』

この報告にリトレイユ公は眉をひそめる。

「……理由は？」

理由は単純明快だ。メディレン公には年下の叔母がいる。第六特務旅団を率いるアルツァー大佐だ。

大佐はリトレイユ公に協力こそしているものの、水面下では敵対している。

そして大佐はメディレン公とは仲が良い。

それだけだ。

しかしリコシェはそれを言わなかった。

アルツァー大佐が不利になるのを避けたいという思惑だが、リトレイユ公は聡明《そうめい》で自発的な者を警戒する。警戒されては困るのだ。

だからあくまでも表向きの理由を述べる。

「『南風』が強くて難しい、とのことでした」

「南風」はシュワイデル帝国の南にある海運国エオベニアを指している。帝国と同じフィルニア教安息派の友好国であり、帝国の主要な交易相手でもある。

ただ水面下では双方の利益をめぐって激しく対立しており、メディレン家やリトレイユ家にとって手《て》強《ごわ》い商売敵でもあった。

エオベニアとの利権争いで劣勢に立たされているという口実なら、角も立たない。

リトレイユ公は一瞬眉をひそめたが、すぐに平静を取り戻す。

「仕方ありませんね。……そういえばファゴニル地方は昨年、農民の反乱が起きましたね。三年間の重懲罰税を課して政治資金を調達しましょう。また反乱が起きればさらに延長で」

ファゴニル地方はリコシェの故郷だ。今も彼女の家族や友人たちが暮らしている。

だがリコシェは恭しく頭を垂れるだけで何も言わなかった。

(少しでも不満がある態度を見せてはいけない。私はリトレイユ公の影。主《あるじ》が踊れば影も踊るもの。そ

World Map

転生諸派国
アガン王国
流血海
リトレイユ領
メディレン領
シュワイデル帝国
ブルージュ公国
帝室直轄領
■帝都
東ミルドール領
★第六特務旅団
西ミルドール領
ジヒトベルグ領
フィニス王国
安息諸派国
エオベニア王国
キオニス連邦王国

れがどれだけ無様な踊りだとしても）

影武者は当主の身代わりを務める役職であり、政治的な助言は職務から逸脱する。使用人のそういった逸脱に対しては驚くほど苛烈なのがリトレイユ公ミンシアナという人物だった。

リコシェが無言だったので、リトレイユ公は話題を変える。

「良い『痛み止め』がもうすぐ手に入りそうです。準備が整い次第、お前に任せます」

その言葉にリコシェは内心で驚愕《きょうがく》する。

（去勢薬が!?）

リトレイユ公は先代当主である父と、まだ五歳の弟セリンを最大の脅威と見なしている。そのためあらゆる方法で二人を排除しようとしていた。

ただ暗殺などの強硬な手段を用いれば確実に疑われる。

そこでリトレイユ公はセリンたちの生殖能力を喪失させる毒薬を調合させ、密《ひそ》かに用いるつもりなのだ。彼らが子孫を残せなくなれば、リトレイユ家は男系が断絶する上にリトレイユ公以外に子孫を残せる者がいなくなる。

さすがに先代も強くは出られなくなるだろう。

（先代はともかく、セリン様には何の罪もないでしょうに……。何とかしてアルツァー様とクロムベルツ様にお伝えしなければ）

あの二人なら何とかしてくれるという確信があった。

だがリトレイユ公は影武者に冷たく命じる。

「『北の斜面』に仕掛けた『鈴』が鳴っています。行って聞いておやりなさい」

（買収したミルドール門閥貴族からの報告か……帰りに第六特務旅団に寄れれば、アルツァー様たちにお会いできるのだけど）

そう思いつつ、リコシェは恭しく一礼する。

「承知いたしました」

リコシェが去った後、リトレイイユ公は無言で物思いに耽《ふけ》る。

（ここのところ、どこからか情報が漏れている気がするのですが……。まさか影武者ではないでしょうね）

リコシェに「セリンたちに使う去勢薬が調達できた」と教えたのは嘘《うそ》だ。

命を奪わずに生殖能力だけを奪い、しかも相手に気づかれないような薬など、そうそう作れるものではない。高名な錬金術師や呪い師に金を払っているが、未だに完成していなかった。

（もし影武者が裏切っているのなら、糸を引いているのは父上たちか他の五王家でしょう。この毒餌に食らいつくはず）

リトレイイユ公は呼び鈴を鳴らした。忌まわしき者たちを呼び寄せる専用の呼び鈴だ。

覆面をした二人の庭師が音もなく現れる。リトレイイユ家に代々仕える暗殺者たちだ。暗殺だけでなく、監視や誘拐、脅迫など何でもする。リトレイユ家の暗部を司《つかさど》る集団だった。

彼女は暗殺者たちに命じる。

「私の『替えの服』を監視しなさい。綻びがあれば処分して構いません」

暗殺者たちは無言でうなずき、そして音もなく消えた。

書き下ろし番外編

番外編 遠い背中 ～おしゃべりロズと死神参謀～

俺はロズ・シュタイアー。「おしゃべりロズ」の異名を持つが、これでも腕利きの砲兵将校だ。

そんな俺には少し変わった友人がいる。

ユイナーのヤツは、ふと背後を振り返った。

「どうも視線を感じるな……？」

「気のせいだろ」

俺は軽くいなしたが、ユイナーはまだ背後の物陰を凝視している。

「実際には、人間には視線を感じる能力はない。『視線』とは言うが、目は何かを発するアクティブセンサーではなく、可視光線を受け止めるパッシブセンサーだからな。だから俺が感じているものは、無意識に知覚している何かのはずだ……」

こいつ、すぐに訳のわからないことを言い出すんだよな。

ただ、こいつの判断や知識が間違っていたことはほとんどない。士官学校時代、何度も助けられたものだ。

だからまあ多少変なヤツではあるが、みんなから全幅の信頼を寄せられていた。

本人は孤立していたと思っているみたいなんだが、本当に訳のわからない男だ。

俺は小さく咳払いをすると、話題を変える。

「それより、砲弾と弾薬の調達を急いでくれ。実弾演習をしないと砲撃の感覚がつかめない。砲声に驚いてひっくり返るような砲兵を戦場に連れて行きたくはないだろ？」

「それはそうだな。だが大砲の弾薬ってのは、銃とは消費量が桁違いで……」

「それだけの価値があるのさ。頼むぜ、参謀殿」

「旅団長閣下の伝手で、第四師団に融通してもらえないか聞いてみる。来月までにはまとまった量を調達するよ。ちょっと行ってくる」

ユイナーが頭を掻きながら立ち去ると、俺は物陰の誰かさんたちに声をかけた。

「もういいぞ」

「あ……どうも、すみません」

あちこちから顔を覗かせたのは、この旅団の女の子たちだ。歩兵もいるし砲兵もいる。十人近くいるな。

これが全員、ユイナーのファンか？　あの野郎、モテモテだな。

そういうところは相変わらずのようだ。

そして女の子からの好意に気づかないのも相変わらずらしい。

あいつ、自分がモテてる自覚が全くないみたいで、「この酒場の人たちはみんな親切だな」なんて平気で言うんだよ。

思い出したらムカついてきたぞ……。

「あ、あのっ、シュタイアー中尉殿!?　やっぱり御迷惑ですよねっ!?」

女の子たちが怯えた顔をしたので、俺は慌てて笑顔を作った。

「いや違う違う、ユイナーが相変わらず女心を弄んでるのが腹立たしくてな。なんでこういうことには鈍感なんだ、あいつ？」

「わかりません……」

みんな不思議そうな顔をしているが、俺だって不思議だ。

「まあいい。それで、さっきからぴょこぴょこ顔を覗かせてた理由は何だ？　あいつに渡す恋文でも預かればいいのか？」

恐ろしいことに、この旅団の子たちの多くはそれなりに読み書きができる。ユイナーの教練の成果だ。

俺がいた第三師団じゃ、満足な読み書きができる兵隊はそう多くなかった。都会育ちのヤツに多かったが、だいたいワケアリの連中だ。

十分に読み書きができるんなら代筆屋や商会で働けるから、危険で辛い兵隊稼業なんかやる必要がない。

ただ、女の子たちの用件はそれとは違うようだ。

「いえ、そうじゃなくて……。シュタイアー中尉殿は、参謀殿と同期だったって本当ですか？」

ははあ、なるほどな。

「ああ、全寮制の士官学校で同期だった。あいつは歩兵科で俺は砲兵科だから別室だったけどな。あいつの士官候補生時代に興味があるのか？」

俺が尋ねると、女の子たちはチラチラ顔を見合わせてから、こっくりとうなずいた。

「興味があります。すごく」

「ああ、いいぞ。この『おしゃべりロズ』が何でも教えてやる」

俺が気軽に応じると、みんなが顔を輝かせて詰め寄ってきた。

「どんな士官候補生だったんですか!?」

「やっぱり優秀だったんですよね!?」

「いろいろお話聞かせてください！」

女にモテる男にもいろんなタイプがあるけど、ユイナーの場合は不思議なところが多いからな。謎めいた紳士ってとこか。

正直、俺にもわからんことだらけではあるが、新しい部下たちには親切にしておかないとな。

「わかった、わかった。じゃあまず、士官学校がどういうところか教えてやるからな。その辺に腰掛けろ」

俺は数年前の記憶を掘り返しながら、どう話したものか考え始めた。

×　×　×

シュワイデル帝国じゃ、陸軍将校はみんな帝都ロッツメルにある陸軍士官学校に入ることになってるんだ。

建前上、俺たち職業軍人はみんな皇帝陛下に忠誠を誓ってることになってるからな。皇帝陛下のお膝元で己を錬磨するって訳さ。

ちなみに海軍には、メディレン領に海軍士官学校があるそうだ。

陸軍士官学校は、貴族なら無試験でも入れる。平民には学力試験があるが、それさえ合格すれば衣食住が保証された寮生活だ。小遣い程度だが給料も出る。

ただやっぱり、貴族様と俺たち平民は折り合いが悪いんだよ。

貴族のボンボンたちは平民と机を並べて勉強するのが屈辱らしいが、俺たちにしてみりゃ家柄で入学できたボンボンが腹立たしくてな。

とはいえ貴族将校は将来的に俺たちの上司になるんで、嫌がらせを受けても黙って我慢するしかない。そういうところさ。

でもな、ユイナーは違ったんだ。


「ひっ、卑怯だぞ！　兵を分散して、ちょこまかと……。こんな戦い方は教わってないだろう！　なぜ本隊と決戦しない!?」

顔を真っ赤にして叫んでたのは、同期の貴族様だ。

士官学校じゃ歴史や語学なんかも学ぶが、やっぱり最後には軍略を徹底的に勉強する。盤上演習は飽きるほどやったな。

この盤上演習の名手だったのが、我らがユイナーだ。

いや、これが本当に強いんだよ。びっくりするぜ。

しかも貴族相手に何の遠慮も手加減もしないんだ。信じられるか？

「本隊同士の決戦になれば、一個中隊しかいない俺の方が不利だ。不利な作戦を選ぶ指揮官がどこにいる？」

「そういう怯懦《きょうだ》な行いをすれば、騎士たちの心が離れていくものだぞ！」

「そうかもしれないが、盤上演習には『騎士の心』という数値がないからな」

ユイナーのヤツは対戦相手の抗議なんかどうでもいいらしく、盤上の駒を見ながら何か計算してたよ。

ついでにこう言う。

「それに俺たちが指揮するのは貴族階級の騎士たちじゃない。平民の戦列歩兵だ。平民は勝って生き残れるのなら方法なんか気にしない」

「ぐっ……賤しい平民どもめ……」

言ってくれるね。俺みたいな商人の倅からすれば、貴族様の方がよっぽど賤しいんだがな。

ユイナーは特に気にした様子もなく、対戦相手のボンボンを促す。

「戦闘による双方の損害処理は済んだな。次のターンだ。部隊に指示を出せ」

「くそっ！　ならば、こうだ！」

盤上演習では互いの戦術を知られないよう、次に何をするかは石板に書いて示すのさ。

貴族のお坊ちゃまは石板を突きつけた。

「戦場中央の橋を渡り、全歩兵でお前の本隊を攻撃だ！　覚悟しろ！」

確かにこのとき、ユイナーの本隊は敵から丸見えだった。しかも一個中隊しかない。最低限の兵力だ。

相手側は歩兵二個大隊。要するに六個中隊だな。勝負は見えてる。

するとユイナーのヤツは自分の石板を表向きにした。

「そう来ると思っていた。本隊は全ての物資を放棄し、最速で後退した。最後方の要塞に籠城している」

相手の攻撃は見事に空振りだ。

「なっ!? また逃げる気か！ 司令官がそんな後方に退いたら命令が出せないだろう！」

「盤上演習では距離に関係なく、どこからでも命令を出せるからな。それにこの演習はもう終わりだ」

落ち着き払った表情で、ユイナーは続けて言ったのさ。

「本隊以外の全兵力を渡河させ、敵地の最奥部で再集結させている。それとお前が使った橋は、工兵を使って落としておいた」

「どういうことだ!?」

これ、ちょっとわかりづらいよな。

敵は河を渡ってユイナー側に突撃したが、行軍速度の都合で歩兵だけで突っ込んできた。橋を落とされたことで、主力の歩兵隊は砲兵隊や輜重隊から分断されちまってる。

歩兵隊だけでは要塞を攻め落とせない。橋の復旧もできないな。砲兵隊や工兵隊、それに輜重隊からも切り離されて、敵地で完全に孤立した。

ユイナーはもう完全に盤面に興味をなくした様子で、ちらりと相手を見た。

「次のターンの行動を先に伝えておく。俺の歩兵隊でお前の砲兵隊と輜重隊を壊滅させ、自軍の砲兵隊で敵要塞の耐久値をゼロにする」

「そうはさせんぞ！　すぐに戻……戻れんな……」

そりゃそうだ。橋を落とされてるもんな。歩兵で復旧させようとしたら工兵より時間がかかる。間に合う訳がない。

貴族のお坊ちゃんはしばらく盤面をあれこれと確認していたが、最後にとうとうガクリとうなだれた。

「次の命令は……ない。俺の負けだ……」

「そうだな。だが実際に戦ったら、負けていたのは俺の方だよ。実戦ではこんな手はそうそう使えないからな。対局ありがとう」

さらりと言って笑うと、ユイナーのヤツは歩き出した。

え？　嫌味っぽい？　いやそれが、ユイナーが言うと妙に爽やかなんだよ。

あいつは本気で対戦相手に敬意を払ってるからな。媚びないが敬意は払う。立派なもんさ。なかなかできることじゃない。

一時が万事、こんな調子だったよ。

✖　✖　✖

俺がそう語って聞かせると、女の子たちは目をキラキラさせて小躍りした。

「かっこいい！　貴族の御曹司相手に、軍略で華麗に勝つなんて！」

「アルツァー様の参謀だもん、当然よね！」

「うわー、頼りになる！　こりゃ次の戦場でも生きて帰れそうだよ！」

きゃいきゃい騒いでいる女の子たちが微笑ましくて、俺はその後のエピソードは語らないことにした。楽しみに水を差すような真似はしたくないからな。

確かあのとき、あいつはこうも言っていた。


「いや、実戦では負けていたってのは謙遜じゃないぞ」

廊下を歩いていたユイナーは真顔で振り返った。完全に本気だったな。

「だがユイナー、盤上演習ってのは実戦を想定したものだろ？　あそこまでの完全勝利なら、さすがに負けることはないんじゃないか？」

だがユイナーは首を横に振る。

「実戦では報告や命令には時間差が生じる。あの状況で本隊が後方に退いてしまったら、作戦継続は不可能だろう。それに五個中隊もの兵を分散させて渡河させ、敵地で再集結させるのは並大抵の苦労じゃないぞ。下手すれば同士討ちが起きる」

「そりゃまあそうだが」

貴族相手に勝ったのに謙虚なヤツだな。勝てりゃ何でもいいだろ。

確かにこいつ、不思議な戦術を使ってたけどな。

「そういや兵を分散させて襲撃を繰り返すってのは、どこで習ったんだ？　士官学校の教本には載ってないだろ？」

「ああ、それなら」

ユイナーは少し遠い目をして、窓の外を眺めたのさ。

「三百年ぐらい先の教本には載ってると思うぞ。ただのゲリラ戦術だ」

「ゲリラ？」

「忘れてくれ。それより昼飯にしよう」

ユイナーが歩き出す。

見慣れた後ろ姿がやけに遠く感じられたのは、俺の気のせいだったんだろうか。


「それでシュタイアー中尉殿、他にはどんな逸話があるんですか⁉」

「もっと聞きたいです！」

ハッと気がつくと、女の子たちが俺に詰め寄ってきていた。独身時代なら嬉しいんだが、今の俺は女房一筋なんで困るだけだ。それにこいつらみんな、ユイナーのファンだしな。

俺はさっき感じていた違和感を振り払うと、ニヤリと笑った。

「じゃあ知謀の次は武勇だ。剣術師範のクソ息子から決闘を挑まれて、逆にメッタメタに打ち負かしてやった話はどうだ？」

すると女の子たちが、わっと黄色い歓声をあげた。

「すてき！」

「それ、お願いします！」

やれやれ、こりゃしばらく解放してもらえそうにないぞ。

しょうがない、「おしゃべりロズ」の本領発揮だ。

俺は軽く咳払いをすると、女の子が差し出してきたコップから水を一口飲んだ。

「貴族様ってのは剣術を嗜むものらしいが、平民は帯剣できないから剣術を学ぶのは物好きだけだ。だが我らがユイナーはそんな物好きでな、平民のくせに剣術も凄いんだ……」

俺は身振り手振りを交えながら、激しく斬り結ぶあいつの背中を思い出していた。

あの遠い背中を。

あとがき

作者の漂月です。こうして二巻のあとがきで再びお会いできて大変嬉しいです。

「小説家になろう」で連載中の本作ですが、書籍化の際にはいろいろと加筆しています。例えば本作ゲストヒロインのレラ・シオンは、連載版では旅団葬まで名前が登場しないモブ兵士でした。

ただモブ一人一人にも人生があり、作者としては多少なりとも彼女たちに設定を作っていますので、書籍版ではこうして掘り下げています（連載版と書籍版でストーリーや設定が違う訳ではなく、書籍版の方がより詳しいという感じです）。


正直なところ、レラについて深く掘り下げるのは勇気が必要でした。第六特務旅団の女性たちはあまり幸福な生い立ちではありませんが、それをはっきりと描くことになるからです。あくまでも娯楽作品ですので、憂鬱な話はどうかなとも思いました。

ただやっぱり、旅団の女の子たちを単なる飾りにはしたくありませんでした。実際に生きている人間として描く方が、より魅力的な存在になると思ったのです。


話は変わりますが、私には二人の娘がいます。彼女たちには父親がいて（ポンコツなのであんまり良い父親ではありませんが）、衣食住に困ることはありません。私の少年時代もそうでした。

しかしユイナーもレラも、そうではありませんでした。

そこら辺を考えていくと、過酷な作中世界で生きている登場人物一人一人に真摯に向き合わなければ……と思ってしまいます。

それが良いことなのか自分でもよくわかりませんが、漂月という作者はそういうヤツなんだと思って頂けると幸いです。


今回も担当編集の松居様、それにイラストレーターのｓａｋｉｙａｍａｍａ様には大変お世話になりました。ありがとうございます。

それと「マスケットガールズ！」の漫画版がついに連載を開始しました。飛鳥あると先生の緻密で魅力的な作品に御期待ください。

あとがきを書いている現在、既に完成稿を拝読しておりますので、私も公開を楽しみにしております。

次巻（たぶん出ると思います）では、いよいよリトレイユ公との対決が待っています。この人もだいぶ厄介ですが、ユイナーの奮闘に御期待ください。

それではまた、三巻あとがきでお会いしましょう。

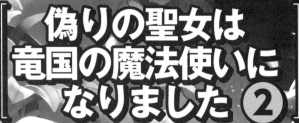

この本を読んでのご意見・ご感想・ファンレターをお待ちしております。
〈宛先〉 〒104-8357 東京都中央区京橋 3-5-7
(株)主婦と生活社 PASH!ブックス編集部
「漂月先生」係
※本書は「小説家になろう」(https://syosetu.com)に掲載されていたものを、改稿のうえ書籍化したものです。
※この作品はフィクションであり、実在の人物・団体・法律・事件などとは一切関係ありません。

マスケットガールズ!〜転生参謀と戦列乙女たち〜2

2023年1月2日 1刷発行

著者	漂月
編集人	春名 衛
発行人	倉次辰男
発行所	株式会社主婦と生活社 〒104-8357 東京都中央区京橋 3-5-7 03-3563-5315(編集) 03-3563-5121(販売) 03-3563-5125(生産) ホームページ https://www.shufu.co.jp
製版所	株式会社二葉企画
印刷所	大日本印刷株式会社
製本所	共同製本株式会社
イラスト	sakiyamama
デザイン	Pic/kel
編集	松居雅

©Hyougetsu Printed in JAPAN ISBN978-4-391-15809-0